徳間文庫

有栖川有栖選 必読！ Selection12

泡の女

笹沢左保

徳間書店

CONTENTS

FROTHY LADY
1961

Design：坂野公一（welle design）

Introduction

有栖川有栖

『泡の女』は、一九六一年に東都書房の書き下ろしシリーズ〈東都ミステリー〉の一冊として刊行された。起《た》ち上がったばかりの叢書に、前年にデビューしたばかりの笹沢左保は抜擢《ばってき》されたのだ。

前年にデビューしたばかりと言いながら、これが十一冊目（長編としては九作目にあたる）にあたるというのだから、あらためて筆の速さに驚くが、ただ量産していただけではなく、この時期には傑作・秀作・佳作が目白押しである。〈新本格派〉を提唱する新進気鋭のミステリ作家としても人気作家としても、地位は確立していた。

評論・インタビュー・著作リストが付いた宝石社の〈現代推理作家シリーズ〉の第5巻に笹沢左保が登場するのは六四年で、これも早い。直木賞候補にもなった『六本木心中』などの短編三本とともに収録されたのが『泡の女』だった。

資料性が高い同書のインタビューには興味深いコメントがいっぱいなのだか、ここではご紹介しきれないので折を見て。

『泡の女』については、〈推理小説ファンには失敗作といわれましたが、一般読者からの評判はこれが一番良かったようです。好きな作品です〉と語っている。そう聞くと推理小説としては期待できないと誤解されてしまいそうだが、当代のエース級推理作家を揃えた同叢書に失敗作が採られるはずがない。

昭和っぽく野球で喩《たと》えるならば、「豪速球を投じてはいない。あれは変化球」と投げた本人は言うけれど、どう見ても球速は時速百五十キロを超えている、という感じか。魔球じみている。

木塚夏子を突然の悲劇が見舞う。茨城・大洗海岸で父が縊死《いし》を遂げているのが見つかった。他殺が疑われることに衝撃を受けていたら、なんと夫の達也に殺人犯の嫌疑が向けられ、逮捕されてしまう。彼の無実を信じる夏子だったが、達也の証言は真実とは思えず、警察は疑いを深めるばかり。起訴まであと三日と迫る中、彼女は夫の潔白を証明すべく奔走する。

こう要約してしまうと、ありふれたサスペンス小説のようだが、思いがけないところに仕掛けが施され、予想外のところから真相が飛んでくる笹沢ミステリを体験済みの方ならば、きっとありふれているはずがない、と察せられるだろう。

サスペンス小説といえば――本作はウィリアム・アイリッシュの名作『幻の女』を連想させる。タイトルが似ているだけではない。事件に巻き込まれた当事者が無実を晴らそうとする構図が同じだし、アリバイ崩しならぬアリバイ探しという課題も重なるとなれば、作者は先行する名作に挑んだかのようだ。

が、物語が進むほどに『泡の女』はどんどん『幻の女』から離れていき、アクロバティックな展開を見せてから似ても似つかぬ地点に読者を導く。読後感もまったく別物で、二つの小説は実は非常に対照的でもある。

『幻の女』では、妻殺害の疑いで死刑を宣告された主人公の男が、自分のアリバイを証明してくれるはずの女（とても目立つ帽子をかぶっていたのに、何故か目撃者たちは口を揃えて「そんな女はいなかった」と言う）を捜し出すべく、獄中から親友に助けを求める。女が死に、男がもがく小説である。

これに対して『泡の女』は、父殺害の罪を着せられようとしている夫の無実を証明しようと妻が孤軍奮闘する。男が死に、女がもがく。

親友の助けすら借りられないところも対照的であり、こちらの状況は重い。夏子は、苦しく傷だらけの推理行を余儀なくされるのだ。

松本清張の『ゼロの焦点』（五九年）は、ヒロインの推理行を描いたミステリとして画期的だったが、彼女には周囲の男のサポートがあった。その二年後に書かれた『泡の女』の夏子とは、あまりにも違う。

推理小説のファンには不評だった（本当なのか？）などという作者のコメントに騙《だま》されてはいけない。巧みなトリックと伏線が地雷原のごとく仕掛けられた本格ミステリである。

1961年　初刊　東都書房

泡の女

FROTHY LADY

第一章　陰影

1

正午を過ぎたばかりだというのに、店は満員だった。四人掛けのボックスだったら、相客を強いられるだろう。ウエイトレスが忙しく歩き回る。飲みものを八分目も飲んでしまうと、その容器はさっさと運び去られる。コップの水だけは注いでくれるが、これはかえって追い立てられているような気分になるものだ。若い男女は平然と饒舌《じょうぜつ》を交しているが、大人たちは落ち着けないように席を立って行く。だが、その空席はあっと言う間に新しい客に埋められる。

ジングルベルやホワイトクリスマスが幾度も繰り返されている。ボリュウムを上げてあるので、それらの叙情的な曲がホットジャズのように耳許で鳴った。

クリスマス・イヴが三日後である。例年のように東京には、お祭りの気分が漲《みなぎ》っていた。

それに今年の年末は、大した好景気だという。街には華やかさを通り越して、喧噪《けんそう》があった。

黒地の壁に銀文字で『シークレット』と大きく飾りつけがしてあるのも、クリスマス・イヴに備えてのものだろう。『シークレット』は、この店の名前だった。昼間は喫茶店だが、夜六時からはバーに早変りする。もっとも、バーと言ってもボーイがサービスするだけだった。尾張町の築地寄りという場所のせいか、昼も夜もかなり繁盛している店である。

壁際の二人掛けの席で、木塚夏子《きづかなつこ》は店の入口に視線を据えていた。今の夏子は、コップの底に沈んだ一粒の砂のようなものだった。この喫茶店というコップの中に、夏子の存在はある。しかし、存在はあっても全く異質なそれだった。砂は水に溶けない。いてはならないところに、夏子はいるようだった。

この席に着いてから小一時間はたっている。だが、目の前のコーヒーには、全然手をつけていなかった。コーヒーは冷えきって、残りもののように、不味《まず》そうだった。

「そりゃ、あなたの方が悪いのよ」

「そうかな。でもさ、追越禁止の区域じゃなかったんだぜ」

「だって、制限時速四〇キロの標識があったんでしょ。あなたは追越そうとして何キロ出したの？」

「うん……」

「で、相手の車をどのくらい損傷させたのよ?」

「修理に十万はかかるって吹っかけやがるんだ」

「十万ね……。だから車買うなんて、よしなさいって言ったのよ」

隣りの若い男女の会話が聞こえてくる。しかし、それはただ声として夏子の耳に触れるだけだった。話の内容は夏子の意識を捉《とら》えていなかった。

夏子は全《すべ》てのものから無視されていた。同時に、彼女は全てのものを無視していた。目標である人が目に映ずるまでは、夏子は死人も同然であった。

しかし、その待ち人が姿を現わした時も、夏子は別に生気を表情に見せたわけではなかった。来た——という安堵《あんど》ではなく、微《かす》かな緊張にオーバーの襟のあたりを右手で押さえただけだった。

もし誰《だれ》かが夏子を観察していたとすれば、この待ち合わせが単なる用件や行楽のためのものではなく、もっと深刻な問題を話し合うのが目的だ、と察したに違いない。

岩島《いわじま》弁護士は、いかつい肩を振るようにして席の間を縫って来た。夏子の席に近づくと、黒いオーバーのボタンをはずしながら、

「お待たせしました」

と、岩島は太い声で言った。

「どうぞ……」

夏子は壁の方へ身体《からだ》を寄せて、自分の脇《わき》を示した。

「はあ……」

オーバーを着ると、幅のある岩島の体軀《たいく》は一回り大きくなる。彼は窮屈そうに夏子の隣りに腰をおろした。

いつもは傲慢《ごうまん》なくらいに押しを利かせるこの四十男が、今日はひどく低姿勢だった。このことだけで、岩島が事態の好転を知らせに来たのではないと、夏子には分かった。吉報を期待していたわけではないが、やはり駄目だったと知ると夏子の胸に改めて絶望感が凝固《ぎょうこ》した。

「奥さん……」

岩島弁護士は夏子の顔を見ようとしなかった。夏子も膝《ひざ》に両手を置いて俯向《うつむ》いた。まるで、言いたくないこと聞きたくないことを、背中合わせで話し合うようなものだった。

ここでウエイトレスが注文を訊《き》きにくると、岩島は救われたように、レモンスカッシュのホットを頼んだ。

「どうぞ、お話しになって下さい」

夏子は唇を嚙《か》んだ。とにかく話は聞いてしまわなければならない。出発点で躊躇《ためら》っているのは、かえって苦痛である。

「つまり、結論から申しますと……」

岩島は指にはさんだ煙草《たばこ》に火を点けるのをやめて、顔を上げた。

「地検では、あなたの御主人を起訴することに腹を決めたようです」

「決定でしょうか？」

「九分通り……」

夏子の眼前の風景が、遠くへ退いて行くようだった。夏子の予測に狂いはなかった。この狂いに唯一の希望を抱いていたのだが、奇跡は起きなかったのだ。

そのくせ、この一つの結論には実感が伴わなかった。自分の夫が殺人容疑で起訴される──結婚して一年余りの妻が、それを現実感をもって受入れられるはずがない。

夏子は、コーヒー茶碗《ちゃわん》の受皿のスプーンを左側から右側へ置き変えた。意味もない仕草だった。

「奥さんにこんなことは申し上げたくないんですが、裁判の結果を待つより仕方がありません」

岩島はそう言ってから、更に声を張って附け加えた。

「わたしも弁護に全力をつくします。それに検察側も確固たる物的証拠を摑《つか》んでいないんですから……」

こんな場合には、被疑者の家族を激励するのが弁護士の義務なのだろう。岩島の言葉は、夏子との間で空回りするだけだった。

起訴するからには、担当検事もそれ相当の自信あってのことだろう。法廷で一切を覆《くつが》えすのは容易なことではない。夏子は岩島を、それほど有能な弁護士とは思っていなかった。父の友人だったという、いわば縁故関係で彼に相談する気になったのだ。

「地検では、何を根拠に木塚を犯人と確認したのでしょうか？」

何を根拠に犯人とするのか――この言葉を、夏子は幾度繰り返したことか。最初、調べに来た刑事にも言った。友人にも近所の人にも、ましてこの岩島にも言った。初めは半ば驚きの言葉だったが、今は非難がその語調に含まれていた。

「まず動機ですが……」

「動機なんか、あるはずがないでしょう」

「いや、地検では土地を欲しさの犯行と見ています」

「馬鹿馬鹿《ばか》しいことです。土地を自分のものにしたくて、人を殺すなんて……。あの人に、そんな悪いことが出来ると思います？」

「しかし、それは感情論でしょう。わたしは別に木塚さんが犯人だという先入観を持ってはいませんし、検事に同調するわけではありませんが、真実は感情で割り出せるものではないですよ」

「でも……」

夏子は、自分がいちばん夫の木塚達也《たつや》という人間を知っているつもりだ。しかし、夫がそんな思いきったことを実行し得る人間かどうかは、夏子でなくても一目で分かるはずなのだ。

達也は、統計庁の地方機関である東京地方統計局に勤めていた。いわば、国家公務員である。とは言っても、地方統計局はいわゆる日の当る官庁ではなかった。

三百人ばかりの職員がいるが、仕事は単調な繰り返し作業だった。関東甲信越の、東京都を除いた九県を管轄に持ち、その地方の統計事項をまとめるのである。

統計事項は出産死亡の人口問題を始めとして、通産、厚生、交通、建設など、施政上の基礎となるあらゆる範囲にわたっている。だが、年二回のとりまとめを統計庁に報告するだけで、あとはその資料作成を続けているわけである。仕事の成果がすぐ目に見えて出るものではない。そこに、職員たちが仕事に対する熱意を欠き、半ば惰性で毎日の職場の時間を過すという原因があった。

それに、仕事内容があまりにも単純で、特殊性がないせいもある。つまり、数字さえ読めれば、小学生にでも勤まる業務なのだ。

従って、東京地方統計局の職員には大学出が殆《ほとん》どいない。課長係長クラスだと、旧制中学卒が圧倒的に多い。かえって最近採用された女子職員の方が、学歴は高かった。

一流大学出の職員だったら、地方統計局には試験的に半年ほど所属していて、すぐ統計庁の係長というポストで引き戻される。

しかし、それ以外の職員たちには地方統計局が出生の場であると同時に、墓場でもあった。ここに配属されれば、停年退職の日までここを動けないのである。栄転とか出世とかいうものには、縁のない人たちだった。

最初は誰もが抵抗する。だが、やがて諦《あきら》めがくる。下級官吏であることを自認して、それに甘んじてしまうのだ。考えようによっては、この方が気楽だった。競争がなければ、勝つこともない代りに、負けることもない。現状を保持して行けばいいのだ。

間違いを起こさなければ、この職場を追われる心配はなかった。勤務さえしていれば、たとえ安月給でも生活は保証される。

怠惰な温床だった。職員たちの顔には、意欲もなければ満足もなかった。

夏子は東京地方統計局に勤め始めた頃《ころ》、そんな職員たちに歯痒《はがゆ》さを覚えたものだった。彼らには外見と内面の喰《く》い違いという矛盾があった。一応、ホワイトカラーの面目に気を遣いながら、自分たちの仕事を卑下《ひげ》しているのだ。それが彼らに、小心、慎重、卑屈を植えつけた。

彼らの人生には自分の流れがなかった。泳ごうともしないのだ。大河の主流に従って、流されて行くだけだった。

達也もその一人だった。典型的な下級官吏の感じであった。無口なのは性格だろうが、消極的な行動はいかにも、この職場流のものである。

夏子が初めて達也と口をきいたのは、二年前の正月だった。この日は御用始めという官庁恒例の挨拶《あいさつ》回りが行われていて、どの部屋でも『お目出とう』が交されていた。女子職員の日本髪姿が、殺風景な事務室に不調和な色彩《いろど》りだった。

夏子は前年まで所属していた『第六統計課』の課長や同僚に挨拶しに行こうと、『人事課』の部屋を出た。各事務室から笑い声が洩《も》れていたが、廊下はひっそりと暗かった。

二、三歩足を踏み出した時、夏子は誰もいないと思っていた廊下に、人影がうずくまっているのに気づいた。反射的に夏子が佇《たたず》むと、その人影はノロノロと立ち上った。

「やあ……」

若い男は振り返って、照れたような笑いを見せた。親しくはなくても、ここの局員であれば顔に見覚えがある。女子職員が多いせいもあって、独身の若い男は噂《うわさ》の種にもなるから、名前と所属課ぐらいは知っている場合もあった。

夏子にも、瞬間的にこの男が『第一統計課』の野村達也であることが分かった。同僚たちが、木村功という俳優に似ていると囁《ささや》き合っているのを耳にして、夏子も野村達也には興味を感じていたのだ。

「ここに、こんなものが落ちていたんですよ……」

達也は手にしていた四角いものを、夏子の顔の前に差し出した。それは茶色の札入《さつい》れだった。

「お金、入ってますの?」

夏子は思わず、よそ行きの言葉遣いになっていた。

「さあ……」

達也は首をひねった。

「中身を調べれば、持ち主が分かるかも知れませんわ」

「いや、そんなことはしない方がいいと思うな」

「じゃあ、どうすればいいんです?」

「すみませんが、これ庁務係へ届けてくれませんか?」

「でも、あなたが見つけたんですもの」

「実はぼく、面会が来てるんで急ぐものですから……」

「だって――」

「お願いします」

達也は札入れを夏子の手に押しつけた。触れた彼の手を、夏子は強く意識してしまった。それは、夏子が彼の頼みを承諾したことを意味していた。立ち去って行く達也の後姿を、彼女はぼんやり見送った。その呆然《ぼうぜん》さには、微かな甘さがあった。

夏子が庁務係に札入れを届けてしばらくすると、局内スピーカーが拾得物の知らせを流し始めた。夏子はそれを聞きながら、達也に対する好感を胸の中で反芻《はんすう》していた。

他の局員だったら、札入れを拾って庁務係へ届けたことを、誇らしげに吹聴《ふいちょう》して回るだろう——と、夏子は思った。退屈な職場である。そんなことでも結構ニュースにはなるものだ。

それを、夏子に札入れを届けさせて、自分は黙っている達也の淡白さが、彼女には魅力だった。こんなことは当り前のことかも知れなかった。もし夏子が、別の職場にいたとしたら、達也の行為は特に注意をひくものではなかったろう。しかし、この頃の夏子は、沼のように澱《よど》んでいる局員たちの平凡さに侮蔑《ぶべつ》を感じ始めていたのだ。だから、達也の何でもない行為に惹《ひ》かれたのだ、とも言えた。

夏子は短大を卒業して間もなく、この東京地方統計局に勤めることになった。勿論《もちろん》、長く勤める気はなかった。生活に不自由があるわけではなし、結婚までの期間を埋めるというようなつもりだった。父の後輩である統計庁の局長の世話だった。最初は非常勤職員という資格で、統計局へ通勤した。一年後には正式職員ということになった。辞《や》めるキッカケがないままに、夏子もいつの間にか東京地方統計局の水に染まっていた。

夏子は職場結婚をすることなど、想像してもみなかった。職場結婚というと、何か安っぽいもののように思えた。高望みする気はないが、自分に相応《ふさわ》しい結婚の対象はもっと別にあると決め込んでいた。

しかし、女は現在を自分の世界にする。その時の環境に順応しやすいのだ。どうしても身近にいる男と自分を結びつけてしまう。夏子も、統計局の職員以外にはあまり男性が目につかなくなった。軽蔑しながらも、この職場にいる男の誰かと結ばれるのではないか、と朧《おぼろ》げな期待を持っていた。

達也と知り合うまで、夏子には特に親しい男性はいなかった。短大卒業ということもそうだが、統計局ナンバーワンとか噂をされている夏子の美貌《びぼう》を、男子職員は敬遠しがちだった。夏子の方も、男の誘いに簡単には応じないという若い女らしい冷ややかさを忘れなかった。

しかし、達也を知った夏子は、抑圧されていたものを一時に吐き出すように積極的だった。自分にこんな情熱があったのか、と不思議に思えたくらいである。

達也は確かに平凡な男だった。彼が生きて来た世界は極く小さなものだったのだろう。彼はハンバーグステーキが、どういう料理か知らなかった。アスパラガスを生まれて初めて見ると言った。

二流どころのレストランへ行っても、達也はオドオドして落ち着かなかった。夏子は小声で、料理の名前や使う調味料を教えた。すると達也は、気弱そうな笑みを浮かべて一つ一つ頷《うなず》いた。陰気に近い翳《かげ》が、彼の目にあった。何も知らない、そしてあの札入れを拾った時のように何も求めていない——というような達也に、夏子は優越感を感じた。女の優越感は逆に母性愛を刺戟《しげき》することがある。夏子の場合もそうだった。自分がいなければ、彼は何も出来ないのだ、赤ン坊に対する気持と同じである。

夏子の父は、達也との結婚に少しも反対しなかった。達也が木塚家の婿養子になることを承知ならいいだろう、と言っただけである。

夏子の家族は二人きりだった。父の木塚重四郎は世田谷区立第三小学校の校長をしていた。母は終戦の年に病死した。その時重四郎は、三十八歳だった。それから三、四年の間に、再婚の話がしばしば持ち込まれたが、重四郎は結婚する意志はないと言って断わった。夏子が小学校へ入った頃で、継母の難かしさを心配したのかも知れなかった。

父一人娘一人である。家系などということにこだわったわけではないが、形式的にも達也が婿養子にくることになった。

重四郎は達也の家柄や育ちに関心はなかった。将来の見込みよりも、公務員という堅実な職業人であることの方が、重四郎の好みに合うのだ。

達也のような性格は、婿養子に適している。気は利かないが、万事に控え目で自分というものを余り押し出さないからだ。重四郎も達也も洋酒党で、その点でも気が合ったようである。二人とも強い方ではないが、夕食の前に差し向かいでグラスを舐《な》めている図などは家庭的で、夏子はそんな二人を微笑《ほほえ》ましく眺めた。

結婚しても、夏子は生活環境の相違を感じなかった。姓も変らず、住居も今まで通り世田谷烏山《からすやま》の家であるからだ。家族が一人増えただけで、二階の一間に夫婦の寝室という部屋が設けられたほかは、変りなかった。

夏子は勤めを辞めなかった。結婚以前も、夏子は家事と勤めを兼ねていたのだ。達也という家族が増えたからと言って、急に忙しくはならないのである。それに、達也の給料は少なかった。結婚したために父の収入に依存するというのは、夏子の性格が許さなかった。

朝は夏子夫婦の方が早かった。朝食をすませると、二人は揃《そろ》って家を出る。父は一時間ほど後に出勤する。夕方は夏子がいちばん早く帰宅した。達也と一緒に帰ってくることもあるが、夕食の支度《したく》があるし、大抵は四ツ谷にある東京地方統計局から、夏子一人で、真直ぐ帰って来た。

達也はさすがに楽しそうだった。演技じみた愛情の表現こそしないが、例の臆病《おくびょう》そうな表情で、しきりと夏子に甘えた。

達也には、これと言った趣味も道楽もなかった。散財はバーへ飲みに行く時ぐらいのものだった。強いて道楽と言えば、カメラがそうである。勤め先のカメラサークルの一員でアマチュア展示会に出品したりしていた。

家にいる時は、週刊誌を読むかテレビを見るかして時間をつぶしている。過ぎるほど平凡な生活態度だった。

夏子もこの結婚には満足していた。このままの生活で充分だと思った。華やかな夢は、もう遠い存在だった。こうして平凡な人妻になって行く――。それでいい、女とはそんなものだ、と考える。

収入は二人分を合わせて四万円にも充たなかったが、夏子は貯金というささやかな楽しみを覚えた。

結婚して一年――。夏子は未だに達也を平凡な男だと思っている。出来るなら悪いことでもしてみろと言ってみたいくらいに、覇気のない夫だった。

達也と野心――は、永久に並行線を保つレールのようなものである。やがて子供が出来る。達也は子煩悩《こぼんのう》に違いない。子供のために彼は一生を黙々と働き通すだろう。そして小さな葬式が、達也の安らかな死を迎える。達也の将来は、こんな型に嵌《は》まったものに違いないのだ。

《まして……》

夏子は粘液のようなコーヒーの表面を眺めた。その表面が微かに揺れている。すぐ前の席で若い男がレコード音楽に合わせて足拍子をとっているのだ。

夏子は、この残酷な事態を他人事のように遠くで考えた。隣りで分別臭い顔をしている岩島弁護士も、きっとそんな気持なのだろう。

《あの人が、父を殺すなどということは金輪際《こんりんざい》あり得ない》

夏子はもう一度、胸裡《きょうり》で呟《つぶや》いた。

夏子の夫達也が逮捕されたのは、夏子の父木塚重四郎を殺したという容疑からだった。

2

岩島弁護士はレモンスカッシュを苦《にが》そうに飲んだ。

「お父さんの所有の土地は、大分値段がハネ上ったそうじゃないですか」

レモンスカッシュを飲んだあとで、岩島は舌を鳴らした。それが不潔そうな感じであった。

「建て売り住宅の敷地に欲しいって、業者が集まって来たからですわ」

「失礼ですが、坪どのくらいの値がついたんです?」

「最高五万だと聞いています」

「ほう。すると五百坪の土地として、ざっと二千五百万円の財産ですな。相続税を差し引いても約一千二百五十万の金が手許に残る……」

岩島は素早く計算していた。いや、たった今計算したのではないだろう。達也が父を殺した動機が、この土地を欲しさにとするならば、誰もがまず土地の時価とその総額を計算してみるに違いない。利害の大小によって殺人動機が固まるからだ。

だがそれは、達也が犯人であることを前提にした、ものの考え方である。岩島もどうやらそういう人間の一人らしい。父の死によって、約千二百五十万という大金が転《ころ》げ込むのだと、暗に強調している。

　確かにそうには違いない。重四郎には妻がなく、子供は夏子だけだ。重四郎が死亡すれば、その遺産は夏子が相続することになる。直接には達也のものにならなくても、夏子の財産であれば彼のものも同然である。あたしの財産だと言って夫の自由にはさせないような夫婦ではなし、また夏子でもなかった。達也がこの土地を売ろうといえば、夏子は強いて反対はしないだろう。だから、重四郎の死によって、千二百五十万ばかりの金を達也が利得するということは事実だった。

　しかし、それが即《そく》、重四郎を殺した動機になるとは、夏子には割り切れなかった。達也は、何が目的でそんな大金が必要だったのだろう。金だけを手に入れて、夏子と離婚するということは不可能に近い。夏子との結婚生活を続けて行くつもりなら、人殺しをしてまで金を必要とするはずがないのだ。もし、この土地が欲しかったのだとしても、時期を待てばやがては重四郎が死ぬ。時間はかかっても、犯罪とは関係なく自然に土地を獲得する方が、はるかに賢明ではないか。

　平凡な下級官吏と千二百五十万円――この両者には、必然的な連繫《れんけい》がないのだ。

　重四郎の家は、世田谷区烏山町にあった。井の頭線の久我山《くがやま》駅と京王線の千歳烏山《ちとせからすやま》駅の恰度《ちょうど》中間に位置している。甲州街道を右へ入って、バス通りを十分ほど行くと寺町というところへ出る。町名の通り、お寺ばかりが並んでいる。それぞれ由緒《ゆいしょ》ある寺院で、お彼岸の頃は墓参の人が道路に溢《あふ》れていた。

この寺町の周辺には、田園風景が展開していた。最近になって、大分住宅が建ち始めたが、それでも平坦《へいたん》な畠《はたけ》が広がり、その真ン中に高圧線の鉄塔が立っていた。雨の日などは、地平線が見えるような錯覚を起した。欝蒼《うっそう》とした樹木も多く、冬は氷雨《ひさめ》を陰欝に受けて、夏は蜩《ひぐらし》の声を吸い取っていた。

寺町から更に久我山寄りに入ると、そこが烏山町である。この二、三年の間に、急速に発展した街だった。住宅地を求めて、都心から郊外へ、都民生活の範囲が膨脹して来たからだ。団地もあり、現在では工場建設の敷地に田圃《たんぼ》が埋め立てられている。

重四郎がここに土地を買い、家を建てたのは戦時中だった。その頃のこの近辺は、まるで田舎だった。野中の一軒家を建てるようなもので、十数年後にこの一帯が街になるとは思いも及ばなかった。

勿論、当時の土地の値段は、たかが知れていた。重四郎は深い考えもなく五百五十坪ほどの土地を買って、その一角に家を建てた。

四年ばかり前に、この附近の土地が坪三千円だと聞いて他人事のように驚いたものである。ところが、土地の値段は年々上る一方だった。その後も再三、売り地にする気はないのかと尋ねてくる人があった。その都度、値段は釣り上げられて行った。

しかし、重四郎に土地を売る意志はなかった。これ以上の値上りを待つわけではない。

彼には彼なりの土地を活用する計画があったらしい。

重四郎は五百坪の裏の空地に、バラを栽培するつもりだと言った。寺町の近くにあるバラ園を見て来てから、すっかりバラの栽培熱にとり憑《つ》かれたらしい。停年退職してからはバラ栽培に本腰を入れて、この近辺の名所となるようなバラ園を作ってみせる、と意気込んでいた。

今年の秋、建て売り住宅の敷地に坪五万円で売って欲しいという話があった時は、達也も夏子も売ることに双手《もろて》をあげて賛成した。だが、重四郎は承知しなかった。

「初老の男の感傷だわ。それとも、お父さんの心境のようなものを枯淡《こたん》の境地って言うの？　今という時期に空地を売らないでバラ園を作るなんて、逆コースよ。それも、甘い甘い逆コース……」

その時、夏子は憎まれ口をたたいたものだった。内気な達也は、重四郎に売る気がないと分かったとたん婿養子然として口を噤《つぐ》んでしまった。夏子は夫に当てつける気持もあって、重四郎にきつい言葉を吐いたのだ。

「売りたければ、わたしが死んでから売ればいい」

重四郎は目を伏せて、唇を『へ』の字に歪《ゆが》めた。不機嫌になった時の、彼の癖だった。

「わたしは、三十年間以上も教育者として過して来た。やがて停年になる。あとに何が残るかな。子供たちも花も同じなのだよ。わたしは何かを育て、それが実を結ぶのを見ていなくてはおれない人間なんだ」

達也は、神妙に重四郎の言葉を聞いていた。だが、夏子は反撥《はんぱつ》を感じた。父の言うことは、教育者気どりのもっともらしい理由づけだ、と思った。売りたくない理由は別にあるのかも知れないと、夏子は重四郎の真意を量りかねた。しかし、これ以上は是非とも土地を売るべきだと重四郎に迫る気はなかった。たまたま話題になったから、言いたいことを言ったのに過ぎない。今どうしても金を必要とする事情にはないし、やがては自分のものになる土地だという余裕が、夏子にはあった。

夏子にしてこうだった。重四郎が生きている限り指一本触れることも出来ない土地に、達也が執着を持つはずがないのだ。欲求よりも諦めが先に立っている達也なのである。それとも、夏子と達也が共謀して、父を殺したとでも言いたいのだろうか。夏子は自棄《やけ》気味に、そうとでも思いたくなった。

千二百五十万円が手に入る――という岩島弁護士の言葉が、父が死んで得する者はお前とお前の夫だ、と言っているように聞こえた。

他人のそういう冷静な考え方が、夏子には耐えきれなかった。父を失い、その父を殺した容疑者として夫が逮捕されたのだ。こんな酷《むご》い運命の環に締めつけられている夏子である。

慰めてもらいたくはなかったが、せめて傷口を観察する医師のような態度は、とらないで欲しかった。

「しかし、驚きましたよ。実を言うと、わたしもまだ半信半疑というところです」

岩島は話題を変えるように言った。彼の指先の煙草には、まだ火がついていなかった。

「木塚重四郎さんが、あんな場所で変死されるなんて……」

岩島は感情をこめて言う。それが、かえって口先だけの言葉のように、夏子の耳に響いた。


重四郎が茨城県大洗《おおあらい》海岸の松林の中で死んだという連絡を受けた時、夏子にはすぐ驚愕《きょうがく》が来なかった。

受送器を握りしめたまま、夏子は泣いた後のような溜《た》め息《いき》をついた。肩から首筋にかけて寒さがあった。

《今は冬なんだ……》

夏子はそんなことを考えた。現実感は遠くにあった。驚きはそのあとで、ジワジワと胸にひろがった。

しかし、驚くと同時に夏子は気をとりなおしていた。父の死が事実ならば、これからどういう行動をとるべきかを考えた。

「どうかしたのかね？」

係長が肩に手をかけて来た。その手を振りはらうようにして、夏子は握ったままの受送器を再び耳に当てた。もしもし、という高井戸警察からの呼びかけは、ずっと続けられていたのである。

「どうも、すみません」

と、夏子が言うと、電話の相手はホッとしたようだった。

「落ち着いて、連絡を最後まで聞いて下さいよ」

もう途中で受送器を耳から放すようなことをしないでくれと、念を押すように言った。

「はい。どうぞお続けになって下さい」

夏子は耳朶《みみたぶ》が痛くなるほど、受送器を強く押しつけた。

「それでですね。これからすぐ、茨城県の大洗町へ行ってくれませんか。死体確認、つまり、あんたのお父さんかどうかを確認してもらわなければならんのですよ。大洗の警察へ行けば分かりますから」

「大洗？」

夏子は訊きなおした。父が死んだということより、そうなった場所が意外な地名であるのに、夏子は戸惑《とまど》った。

父は昨日から旅行に出ている。久しぶりに温泉にでもつかって休養したいと言って、昨日今日の二日間、学校に休暇届を出して出掛けた。行先は伊豆《いず》の修善寺温泉だということだった。伊豆と茨城県とでは正反対である。伊豆へ行ったはずの父が、茨城県の大洗で死んだというのはどうしたわけか。夏子の思惑《おもわく》は瞬間的に混乱した。

「父はどうして死んだのです？」

夏子は思わず声を張り上げた。背後が俄《にわ》かに静まった。職場の同僚たちは最初、夏子がそんな凶報を受けているとは思っていなかったのだろう。

「自殺か他殺か、はっきりしたことは分かりませんがね。海岸の松林の中で縊死《いし》していたという連絡でした」

「縊死……？」

「つまり、首吊《くびつ》りですよ」

電話の相手は言いにくそうに、声を低くした。

夏子の脳裡に、松の枝に吊り下っている父の姿が浮かんだ。動悸《どうき》が高まった。同じ死に方でも、首吊りというのが最も悲惨で恐ろしいことであるような気がした。

父は気軽に旅行へ出掛けて行った。彼の言動に死の予感はしなかった。元気がなく、どこか暗い翳を感じたが、それは疲れていたせいだろう。新教育の実施で教科書の内容が変り、その新教科書の選定のために、このところ何かと忙しかった父である。その父が、首を吊ったとは、どうしても頷《うなず》けないことだった。

「とにかく、詳しいことは現地で聞いて下さい。大洗へ急いで頂きたいんですがね」

夏子は、ぼんやり受送器を置いた。振り返ると、部屋中に好奇の目が光っていた。こんなに静かな事務室は初めてだった。夏子は、こっちに向けられているどの顔も、目に入らなかった。急に近眼になったように、視界がぼやけていた。

夏子は係長に頭を下げた。

「父が亡くなりましたので、すみませんけど……」

すみませんけど——という言葉に、これから帰らしてもらうことを含めたつもりだった。係長の返答を待たずに、夏子は自分の席へ戻って事務服を脱いだ。

夏子の胸は張っていた。胴は何かで締めつけているようにくびれているが、腰に厚味があり、身体全体に肉づきがよかった。白い皮膚には光沢があって、少しも弛《ゆる》みが見られなかった。俗に言う、いい身体《からだ》、だった。忘年会の席上などで、酒が回った男子職員が『じっと見ていると、犯したくなる身体だ』と言うが、それは本音《ほんね》かも知れなかった。顔は細面で輪郭は小さいが、瞳《ひとみ》の黒い目が大きかった。日本的な美貌ではなく、明るい華やかさがあって、目立つ美しさだった。

しかし今は誰も、夏子の均斉《きんせい》のとれた肢体や美貌を観賞してはいなかった。せかせかと着換えをすませ、ハンドバッグの中身を調べている夏子の動作、それに泣き出しそうに崩れた彼女の顔を、興味深く見守っているのだ。だれきった午後の職場には、恰好《かっこう》の刺戟剤なのだろう。夏子の姿が人事課の部屋から消えると、それを待っていたように職員たちは一斉に私語を交し始めた。

多分そんなことだろうと思いながら、夏子は廊下を歩いた。三階から二階へおりる。夏子はすっかり冷静になっていた。ヒールの音が高く響くのは、気が急《せ》いているためだった。

第一統計課へ行って、夏子は達也を廊下へ呼び出した。夏子の固い表情を見ただけで、達也は彼女の顔色を窺《うかが》うように弱々しい目になった。

「お父さんが死んだのよ」

夏子はそっけなく達也に告げた。

「え……？」

達也は目のやり場に困ったように、キョロキョロあたりを見回した。

「お父さんが死んだって言ってるのよ。分かったの？」

子供を叱《しか》る母親のような、夏子の語調だった。

「しかし……」

達也は重そうに口を動かした。気持が動転しているのだ、と夏子には察しがついた。

「信じられないんでしょう。あたしだって同じよ。でも、警察から連絡があったのよ。すぐ行ってくれって」

「どこへ？」

「大洗」

「大洗？」

「茨城県よ。そこでお父さんが死んだんですって……」

「人違いだ」

吐き出すように達也は言った。

「とにかく、これからすぐ行くのよ。係長に事情を話して、今日半日の休暇を頼んでいらっしゃい」

「このまま直行するのかい？」

「そうよ」

「金、持ってるのか？」

「いいから余計な心配しないで、早く仕度してらっしゃいよ」

夏子は達也の背中を押してやった。達也は猫背かげんで、部屋へ戻って行った。

このような場合になると、達也は事にどう対処するべきか判断がつかないのに違いなかった。それでいて、金のことだけは必要以上に気にかける。収入の少ない男の気弱さなのだろうか。

夏子にしてみれば、確かに達也は頼りない夫だった。だが、それは実際面においてであった。子供が母親の心の拠りどころであるように、精神面では達也が夏子の柱になる。大洗まで達也に同行してもらうのも、そのためだった。彼が傍にいるということだけで、夏子の気持も幾らかは落ち着く。達也が合オーバーの袖《そで》に腕を差し込みながら部屋を出てくるまでに、夏子はそんなことを考えていた。

四ツ谷の統計局を出て、二人はタクシーに乗った。夏子は大洗というところへ行ったことがなかった。しかし、地図の上では知っている。上野から常磐線に乗り、水戸まで行けばいいと、見当だけはついた。

上野駅に着いたのは、二時二十分だった。十四時四十四分の勝田行の列車に辛うじて間に合った。各駅停車で、水戸には四時五十二分に到着である。約二時間の汽車旅だった。

汽車に乗るのは久しぶりである。窓の縁《へり》が煤《すす》で黒くなっていた。電気機関車とは違う、汽車独特の汽笛が余韻を残して鳴った。旅愁を感じさせる余韻なのだろうが、夏子にはそれが暗い思いを呼んだ。どっしりと気が重くなる。まるで帰らぬ旅にでも出るように、陰鬱だった。

座席は九分通り満員だった。通路寄りに席をとれたが、夏子と達也は反対側のボックスに別れ別れであった。

汽車が走り出して間もなく、夏子は上野駅で買った茨城県地図を膝の上にひろげた。まず、常磐線の線路を指で追った。都内から千葉県へ出て、松戸を通って取手《とりで》で茨城県へ入る。霞ケ浦の西端をかすめ、土浦市、石岡市と抜けて、常磐線は友部町のあたりから太平洋側へ大きくカーブしていた。水戸市からは、海岸線まで東へ向かっている県道があった。

それに沿って、水浜線《すいひんせん》という私鉄も通じているらしい。その終点あたりに、大洗町という町名が書いてある。鹿島浦の直線的な海岸線の北端であり、那珂川の河口の南にあたる。

夏子は小さな説明書を読んでみた。

『久慈川以北は段丘が海岸に迫り、岩礁が海中に突出しているところもあるが、久慈川より南は波崎町に至るまで、砂浜が遠く連なって緩やかな弧状を呈し、千葉県九十九里浜と好一対の典型的な平滑海岸を展開している。大洗もその一点にあって、壮大な太平洋を眼前に一望出来る。岩に砕ける白い波あり、また砂浜も広い。観光ホテルその他数軒の観光旅館がある。時代劇映画のロケに使われることがある。人口二万三千』

夏子は目を上げた。大洗という土地の概要は飲み込めた。しかし同時に、夏子の胸に一つの疑問が生じた。それは、重四郎とこの大洗との関連である。

《父はなぜ大洗など へ行ったのか……?》

修善寺行きを急に変更したのだとしても、夏子の知る限りでは、父の口から『大洗』という地名を聞いたことがなかった。大洗へ行ったことがあったならば、一度ぐらいは『大洗』という言葉を洩らしたはずである。過去に全く接触のなかった土地へ行って、いきなり死んでしまったというのは、常識の枠内で考えられることではない。しかも、重四郎は休暇をとって出掛けている。修善寺か、大洗か彼は行先を半々に迷っていたという見方も出来るのだ。

《父は誰かと一緒だったのか？》

当然、夏子はそう考えた。その同伴者が大洗を知っていて重四郎を誘ったのだとしたら、筋は通る。このことは現地に行ってみれば分かるはずだった。

窓外には明るい日射しがあった。スチームが通っているせいか、車内は暑いくらいだった。夏子は窓に視線を当てた。思考力が鈍って行くようである。風景は目先をよぎるだけで、視覚を捉《とら》えなかった。長い旅のような気がする。だが反面、大洗などへは永久に行きつかなければいいと思っていた。

達也は合オーバーの襟を立てて、顔半分を埋めていた。眠っているわけではない。脚を小刻みにゆすっている。彼も考えているに違いなかった。重四郎の死が事実かどうか、事実ならどうして死んだか、をである。

夏子は目を閉じた。葬式のことが気にかかる。費用は何とかなるとしても、葬儀の運び方が分からない。お通夜、告別式、納骨、何をするにも形式や手続きがある。頼れる親戚《しんせき》の者もいない。いろいろと他人が教えてくれたり用を足してくれるだろうが、任せっきりというわけには行かないのだ。

母が病死した時は一週間近くただ泣いてばかりいたが、父の場合は死んだという知らせを聞いた時に胸にこたえただけだ。今はもう今後のことが気になっている。やはり齢のせいだろうか、と夏子は思った。

水戸駅には十分遅れの十七時二分に到着した。水浜線という私鉄の乗り場を探すのが面倒だったから、駅前に駐車していたタクシーに乗った。大洗まで約二十分だという話だった。

「道がいいですからねえ」

と、運転手が言ったが、成程アスファルト道路が一直線に田畠の真ン中を貫いていた。東京の道路よりは、はるかに整備されている。車の震動も少なかった。

初冬の夕暮はすぐ闇《やみ》を迎える。肌に触れる夜気が冷たかった。夏子は窓を開閉するハンドルをきつく回した。それでもどこからか隙間《すきま》風が吹き込んでくる。夏子はコートのポケットに両手を突っ込んだ。

達也はうずくまるようにシートへ身を沈めていた。ヘッドライトに浮き上る濡《ぬ》れたようなアスファルト道路に、視線を固定させている。ライトの中を、道路もベルトのように走った。

「大洗って、観光客が多いんですか?」

夏子が運転手に声をかけた。

「夏は結構混みますよ。海水浴場もありますからね」

セーター姿の運転手は答えた。

「今頃は?」

「冬はすいてますね。寒いですから」

「寒いんですか？」

「ええ。まあ雪は年に一度、降るか降らないかっていうところですが……」

「太平洋岸だっていうと暖かそうだけど」

「筑波颪《おろし》とまでは言えるかどうか分かりませんが、かなり冷えますね」

東京が暖かいためか、確かに冷え込むという感じだった。冷風と荒涼とした冬海の波音の中で死んで行った父を、夏子は哀れに思った。

『歓迎！　観光客の皆様』という看板が見えた。大洗町だった。軒の低い街並が続いている。赤茶けた電灯が、侘《わび》しい光りを路上に散らしていた。昔からの伝統ある漁師町という感じがする。この土地にしみついた生活がある。それが、地方にある古い町という印象を与えるのだろう。

車を警察の前で停めてもらった。街中《まちなか》で波の音も潮の香りもなかった。海岸へ出るには街を一旦《いったん》、突き抜けるらしい。

運転手は料金を受取りながら、妙な目つきで夏子たちを眺め回した。東京から来て、大洗の警察へ案内してくれという夏子たちに興味を感じたのだろう。あるいは、この土地で東京から来た男が変死したという事件を知っていたのかも知れない。その事件の関係者だと察しをつけたのだろうか。

警察は小さな建物だった。夏子と達也が入口を入ると、仕切り台の中で一塊りになっていた警官たちが振り向いた。二人を土地の人間ではないと見て、すぐ重四郎の肉親だと気づいたようだった。

無帽の警官が一人、仕切り台の上に乗り出して来た。

「木塚重四郎さんの家族の方ですか?」

「はあ、娘ですけど……連絡を頂いたので……」

夏子が、しっかりした口調で答えた。

「こちらは?」

警官は達也の方を一瞥《いちべつ》した。

「主人です、あたくしの――」

という夏子の言葉を受け継いで、達也は軽く会釈した。

「木塚達也です」

「そうですか。御苦労様です」

警官は下唇を突き出して、ちょっとの間目を手許におとした。だが、すぐ顔を上げて事務的に言った。

「早速ですが、お父さんに間違いないか確認して頂きましょう。実はここで御通知するんですが、死体解剖の必要があるので……」

「そんな必要があるんですか?」

夏子は全く予期していなかったことを聞かされて、面喰《めんく》らった。

「水戸の赤十字病院へ運びます。車が待っているんですよ。では、こちらへどうぞ」

警官は木戸のような扉を押して、仕切り台の外へ出て来た。先に立つ警官に従って、通路を抜けると奥へ通ずるドアがあった。夏子の後から、レインコートを着た中年の男が尾《つ》いてくる。狭い廊下に四人の靴音が乱れて響いた。

警官は一つの部屋の前で足をとめた。ノブに手をやりながら、警官は夏子を振り返った。

「大丈夫ですね?」

その言葉で、この部屋に父の遺体があることが分かった。

「ええ……」

夏子は微かに頷《うなず》いた。とり乱すことはあるまいと思ったが、戦慄《せんりつ》のようなものが胸を痛くしていた。開かれたドアから、素直に部屋の中へ入る気にはなれなかった。夏子は達也の手を探って、きつく握りしめた。達也の震えが伝わって来た。緊張による震えなのだろう。彼は飛び出さんばかりに目を剝《む》いていた。

部屋は普段使っていないらしく、何一つ置いてなかった。ガランとした部屋の中央に事務机を六つばかり並べて、急拵《きゅうごしら》えの台が作ってあった。その台の上に人間の寝姿が盛り上っていた。毛布がかけてあり、顔は白布で覆われている。警察の好意だろう、枕元《まくらもと》に花が飾られてあった。

夏子と達也は手をとり合ったまま、オズオズと部屋へ入った。身体が硬直して、口の中がカラカラに乾いた。

警官が無造作に顔の白布を取り除いた。夏子は瞬間的に目を閉じる。顔の皮膚がつっ張ったようである。悪寒が走って頬《ほお》が冷たくなり、身体中が鳥肌立った。

人違い——という万が一の期待が消えた。

《お父さん……！》

重四郎の死顔は老けて見えた。五十四という齢を思い違いしそうだった。夏子は、ぼんやりと艶《つや》のない額《ひたい》を瞶《みつ》めた。この父がもう動かないということが、不思議なようだった。

警官は手早く、白布を元に戻した。

「間違いありませんね？」

夏子の反応を見て分かったのだろう。警官は口早に言った。

夏子と達也が同時に頷いた。警官は夏子の背中に手を当てて、押し出すように部屋の入口へ向かった。

廊下では、さっきのレインコートの男が待っていた。男の顔は疲れきったように色が悪かった。

「どこか適当な部屋があるかね？」

男が警官に言った。

「用意してあります。ブドウ酒も置いておきました」

警官は廊下の先を指さした。

「じゃあ、参りましょう」

男は一緒に来るのが当然だというふうに、夏子と達也を誘った。

警官が用意してあると言った部屋は、階段の手前にあった。ガラス戸を軋《きし》ませながらあけると、殺風景な小部屋の中が見えた。机が二つと椅子《いす》が四脚、向かい合いに並べてあった。取調べ室ではないかと、夏子は見当をつけた。

「さあ、どうぞ」

レインコートの男は夏子と達也に椅子をすすめた。二人は並んで椅子に坐《すわ》った。向かい側にレインコートの男と警官が腰を下す恰好になった。

「どうも大変なことでしたね……」

男は湯呑《ゆの》み茶碗を二個並べて、机の上にあったブドウ酒を注いだ。

「さあ、飲みなさい。貧血にいいし、気が落ち着きますよ」

茶碗が夏子と達也の前に置かれた。夏子は一息に赤い液体を飲み干した。

レインコートの男は机に両肘《りょうひじ》をついていたが、夏子がハンカチで口許を拭《ふ》き了《お》えると、腕を引っ込めた。

「茨城県警察本部の者ですが、参考になるお話をお訊きしようと思いましてね」

男はゆっくりとそう言った。

「父は殺されたんですか？」

夏子は蒼白《そうはく》な顔を男に向けた。

「そうとも断定出来ないんです」

「それなら自殺ですか？」

「お父さんに自殺する原因でもありましたか？」

「いえ、あのう……」

夏子は言葉に詰まった。

重四郎が自殺するような原因に、心当りがないのである。重四郎は口数の多い方ではなかった。殊に、家庭外の問題については、ついぞ夏子に喋《しゃべ》ったことはないのだ。学校における重四郎の身辺のことは、よく家へ遊びにくる南《みなみ》光夫《みつお》という若い教師から聞かされて、夏子は朧《おぼろ》げに知っているという程度だった。

重四郎は感情家である。そのくせ、常にそれを抑制している。いわば内向的な性格だった。どんな苦悩も自分の胸にしまって、自分で解決する。

そんな重四郎だから、人知れず自殺の要因を胸に秘めていたかも知れない。しかし、その輪郭さえも、一緒に生活していた夏子に分からなかったということがあるだろうか。

地位も生活も人並に安定していた。将来にバラ園作りの夢を持っていた重四郎である。

夏子は首を左右に、ゆるやかに振った。

「こういう事件は、一歩突っ込んで考えないといけないんです。今までのところ、事実として分かっていることは……」

県警の係官は、諭《さと》すように言った。

「あなた方のお父さんは昨日、つまり十二月五日の夕方に東京から大洗へ来ました。大洗海岸の浜田屋旅館に宿をとりました。宿では何かを待っているように落ち着かなかったけれど、夜七時頃、東京からお父さん宛《あて》に電話がかかって来た。男の声だったそうです。それからお父さんは、静かに洋酒を飲み始めた。旅館の者は寝床をとったあとのことは知らないそうだが、お父さんは丹前姿で庭の木戸から旅館を出たらしい。今朝、大洗ホテルの増築現場へ来た大工が、海岸の松林でお父さんの縊死死体を発見したんです。推定死亡時は今暁一時から二時の間。丹前の細帯で首を吊っていた……。まあ、これぐらいのことなんですよ」

「父は一人で大洗へ来たのでしょうか？　連れの者はいなかったんですか？」

汽車の中で思いついた疑問を、夏子は口にした。

「旅館へは一人で来たそうですがね。連れがいて、ほかの旅館に泊っていたかどうかは分かりませんよ」

県警の刑事がそう答えると、脇にいた警官がそれを遮《さえぎ》るように小さな声で口を出した。

「いや、旅館は全部調べました。滞在中の客にも、それから昨日宿をとった客にも、東京の人間らしい者は一人もいません」

「そうかね。しかし、連れが東京の人間だとは限らんし、連れは宿をとらなかったとも言えるだろう」

刑事は怒ったような目をした。

「自殺か他殺かは、はっきり区別がつくんじゃないんですか？」

達也が初めて口を開いた。

「そりゃあ推定は出来ますよ。お父さんの場合にしても、首を吊ったんだから自殺だと考えていいかも知れない。事実、検視の外部所見でも自殺の線が強いのですよ」

「外部所見で、どうして自殺の線が出るんですか？」

「あなたたちも気がついたでしょうが、お父さんの死顔は思ったより綺麗《きれい》だったでしょう？」

「ええ」

「あれは縊死したことを証明しているんですよ。縊死、即ち首吊りですが、これは体重で首をしめるわけですね。ところがこの場合、首に紐《ひも》をかけてぶら下った瞬間に、意識を失ってしまうんですよ。つまり苦痛がないんです。しかし、これが絞殺だとか扼殺《やくさつ》だとか、他殺になると違って来ます。同じ窒息死でも苦痛度がひどいんですね。これだと最初から意識消失にはなりません。従って呼吸困難で苦しがる。激しく痙攣《けいれん》したりする。ですから首吊りと絞殺では外部所見で相違点が出てくるのです。絞殺だったら、死顔は、紫暗色になって幾らか膨脹してますし、眼瞼《まぶた》と結膜に溢血点《いっけつてん》があります。しかし首吊りだったら、死顔は蒼白になっているし、溢血点もないんです」

「すると、父の場合は縊死だとはっきりしているわけですか？」

夏子が訊いた。

「そうです。だから、絞殺してから首を吊ったふうに見せかけたのではないんです」

「じゃあ、自殺と決まったようなものなんですか？」

「そう決めてしまうのは早計ですよ。首を吊ったなら絶対に自殺だ、とは言いきれませんね。現場の状況、前後の事情を一応調べなければならんのですよ。とにかく自殺であるという確証がないんですからね。現場からは遺書も発見されていない。丹前姿で自殺したというのも疑えば疑える。それに、お父さんは相当酩酊《めいてい》していたらしいですからね。毒物反応は見られませんが、念のために解剖してみるわけです……」

「父は酔って死んだのですか？」

夏子は釈然としない気持だった。もし自分だったら、一度自殺を決意した以上は迷うまいと思った。アルコールの力を借りなければ死ねないとしたら、まだその決意が煮つまっていない証拠だというような気がする。

あの一徹で半端な考え方を嫌った父が、自殺するために大洗まで来てから、実行を躊躇するだろうか。

「お父さんは、好きだったんですか？」

刑事は右手で盃《さかずき》を持つ形を作って、それを顔のあたりですくって見せた。一杯ひっかけるという恰好なのだろう。

「洋酒が好きでしたわ」

「強いんですか？」

「飲む回数は多いですけど……強い方ではなかったと思います」

「どのくらいですか？　適量は……」

「さあ……」

「ウイスキーのポケットビン一本半ぐらいが適量だったでしょう」

達也が代って答えた。達也なら、重四郎の酒量を知っているはずだった。

「もっと飲めば、飲めるんですね？」

刑事は顎《あご》の無精髭《ぶしょうひげ》をなで回した。ザラザラと音がしそうだった。

「ええ、まあ……」

達也は、少女が恥らうような笑いを浮かべた。

「バーへ行くと、もっと飲みます。ぼくも父と一緒にバーで飲んだことがありますけど、ぼくよりは強かったですね」

「うん……」

夏子へ視線を移して、刑事は頷いた。

「なぜ酔って死んだか……。死ぬのが怖くてという解釈もあります。しかし、酔わせて身体の自由、それに意識を鈍らせてから、お父さんを縊死させた、ということも可能なんですよ」

夏子は刑事の意見を尤《もっと》もだと思った。泥酔して帰って来た父が、よく翌朝になってから昨夜のことを全然記憶していないと言った。照れ隠しも幾らかはあるだろう。しかし、たまには玄関に崩れたっきりテコでも動かない時がある。こんな時には首を締められても分からないだろうと、夏子は途方にくれながら考えたことがあった。

酔った父を、首吊りに見せかけることは不可能ではない。松の枝にかけた細帯に、父をぶら下げればいいのだ。身体を放せば、父は体重によって縊死を遂げるだろう。意識を失うのが瞬間的だというならば、父は泥酔から死へ知らない間に直行したに違いない。

いつの間にか、父の死は他殺ではないかという疑惑が、夏子の気持に凝結していた。

「では、これを見て頂きましょう」

刑事は警官を振り返った。警官が風呂敷《ふろしき》包みを手渡した。刑事はそれを机の上にひろげた。

「参考品として、もう少しお預りしておきますが、お父さんの遺品ですよ」

刑事は包みの中身を、一つ一つハンカチで摘まみ上げた。

財布、定期入れ、手帳、靴べラ、老眼鏡、どれも見覚えのある品物ばかりだった。

遺品という言葉が、父の死の実感を深める。夏子はこれらの小さな物体に、愛着のようなものを感じた。どれを手にとってみても、父の匂《にお》いがしそうだった。

「このマッチは……?」

刑事が変った型のマッチ箱を示した。円筒形で、レッテルには『バー・ニュー渋谷』と印刷されてある。

「父がよく行くバーのマッチじゃないでしょうか」

重四郎はバーへよく寄るらしい。しかし、『ニュー渋谷』という名前のバーに、特に聞き覚えはなかった。達也も知らないというように首をひねった。

「それから、このカメラなんですがね」

古ぼけたカメラを、刑事は鼻の先で眺め回した。蛇腹のある旧式なもので、メーカーの名もない国産品であった。

「これは、お父さんのものですか?」

「使いものにはなりませんけど、そうですわ……」

　このカメラが、父の机の抽出しにしまい込んであるのを、夏子は見たことがある。父に写真の趣味はないが、このカメラは何かの記念になるものか、大切にしていたようだった。とにかく、役には立たない時代物には違いなかった。

「この、千里《ちさと》というのは誰だか、御存知ないですか？」

　刑事は革ケースに刻まれている文字を指さした。その刻まれた文字が古いことは、革の肉の色ではっきりしていた。『昭和二十六年四月・千里』と刻んであった。

「知りませんわ。父の古い教え子ではないでしょうか……？」

「しかし、どうしてこんなものを、お父さんは持って来られたんでしょうね。使いものにならないカメラで、勿論、フィルムも入ってない」

「写らないことはないんでしょうから、父のもの好きで、持ってくる気になったんじゃないかしら」

「うん……」

　刑事はカメラの詮索《せんさく》をやめて、すぐ一枚の名刺を指先にはさんだ。

「これは、たった一枚だけ、お父さんの定期入れにはさんであった名刺ですが、この名刺の人を知っていませんか？」

「知っています」

　夏子は答えた。名刺は南光夫のものであった。

「どういう人です?」

「父の学校の先生です。父がとても可愛がっていて、よく家へも遊びに参ります。それから、このあたくしの主人のお友達でもあるんです」

「ぼくの中学時代の後輩なんです」

達也もそう言い足した。

南光夫が達也の中学校の後輩だと分かったのは、彼が夏子と結婚してからだった。遊びに来た南光夫が、達也と顔を合わせて、やああなたでしたか、ということになったのだ。

南は達也より三つ下の二十七歳であった。スポーツマンのような明朗さがあって、清潔そうな青年である。父は南を非常に気に入っていた。出来れば、夏子の婿に南を迎えようという気でいたらしい。南もそのつもりだったらしく、以前は家へ遊びにくると夏子とは婚約者ででもあるように振る舞った。

夏子は、南のそんな押しつけがましい馴《な》れ馴れしさが厭《いや》だった。それに、夏子は青空のように明るい男を、あまり好まなかった。達也のように翳のある男の方が、伴侶《はんりょ》として味わいがあるのではないかと思っていた。

そんなことで、夏子の結婚当初は、しばらく南の足は遠のいていた。だが、達也が中学校の先輩だったと知ると、南は再び木塚家へ顔を出すようになった。達也も、南の下宿を訪れることがあるようだった。

その南光夫の名刺を、父が持っていたことは、少しも奇異な感じではなかった。

「名刺の裏に、こう走り書きしてあるんですがね……」

刑事は、その走り書きを声に出して読み上げた。

「校長にお話ししたいことがあります。三日の夜にお伺いします……」

「伝言ですね。三日の夜、南さんは家へお見えになりました。その時のことでしょう」

夏子は幾度も頷いた。三日の夜、南が来て二時間ばかり父と話し込んで行ったのを、夏子は覚えていた。

「そうですか……」

これも何か、意味のあるものではなかったか――というように、刑事は名刺を指先から放した。名刺は舞って、遺品の上に落ちた。

この時、夏子はおやっと思った。名刺が落ちた一点を追った夏子の目が、ここにあるべきはずがないものを捉えたのである。

それは男物のクシだった。クリーム色の地に茶色の斑点《はんてん》がぼかし込んである、折りたたみ式のものである。夏子はこのクシには見覚えがあった。

「ねえ?」

逡巡《しゅんじゅん》はあったが、夏子は何となく達也の膝をつっ突いてしまった。

「このクシ、あなたのものじゃなかったかしら?」

確かに達也は、いつもこのクシをポケットに差し込んでいた。達也の髪の毛は硬かった。ポマードを使わなければ整髪が出来ない。それで達也は、いつもクシを持ち歩いている。

父がクシを持っていることには、夏子は気がつかなかった。家の鏡台にはクシが置いてあるが、髪の薄い父は殆ど必要とはしなかったようだ。朝出掛けにざっとクシを使えば、電車の窓から顔でも出さない限り、髪の毛が乱れることはないのだ。

「うん……ぼくのクシだな」

達也は戸惑ったように呟《つぶや》いた。

「失くしてしまったと思ってたんだけど」

「あなた、どこかへ放り投げておいたんでしょう。お父さん、あまり几帳面《きちょうめん》じゃないから、失敬して使っていたのよ、きっと」

「そうだろうな」

感慨深そうな目で、達也はそのクシを眺めた。

「ほう、これはお父さんのクシじゃない……」

刑事はクシを鼻先へ持って行った。

「いい匂いがしますね。何の匂いです?」

クシを夏子の方へ差し出して、刑事は訊いた。夏子は鼻を寄せて、匂いを嗅《か》ぎとった。

「ヘア・ローションの匂いですわ」

「お父さんは、そんなものを使っていたんですか？」

「父は何もつけなかったと思いますけど」

「そうでしょう。お父さんの髪の毛は無臭でしたよ」

　刑事は、達也に向かって言ったようだった。

「これは、あなたのクシに間違いありませんか？」

「ええ……」

　達也は心細そうに答えた。

　刑事の声は穏やかだった。だが目は鋭かった。怠惰な眠りから目覚めたように、瞳に光があった。

「念のためにお訊きしますが、お二人とも昨夜から今朝まで、お家で過されましたね……？」

　刑事は俄《にわ》かに姿勢を正した。

「ええ、おりましたわ……」

と、言いかけて夏子はハッとした。別に狼狽《ろうばい》することではなかったが、刑事の質問の鋭さをはね返すわけには行かなかったのである。

　昨夜から今朝にかけて、夏子は家にいた。しかし、達也はそうは言いきれなかったのだ。

「あたくし、夕方にいつもの通り勤めから戻りました。お風呂へ入って、食事をして、あとは寝ただけですわ」

　夏子は達也のことを気にしながら言った。

「御主人も一緒だったわけですな?」

「はあ、いいえ、あのう……」

　夏子は目を伏せた、どう答えていいのか、咄嗟《とっさ》に判断がつかなかった。

「一緒ではなかったんですか?」

　刑事はたたみ込んで来た。夏子は黙って、達也の方を横目で窺《うかが》った。

「ぼくはあのう……」

　達也が腰の位置を変えるのが見えた。

「勤めの帰り、奥さんと一緒ではなかったんですね?」

「ええ。こんなことは、ちょいちょいあるんですが……昨日は家内に先へ帰ってもらったんです」

「それで、あなたは?」

「ちょっと、そのう……映画を見たんです」

「へえ、奥さんを追っぱらって一人で映画見物ですかね」

　刑事は皮肉っぽい言い方をした。

「それで、映画を見てから帰られたんですか?」

「いいえ、それからバーで飲みました……」

「家へ帰られたのは、一体何時なんです？」

「明方の四時半頃でした」

「今朝の四時半？」

刑事の声が大きくなった。達也は眩《まぶ》しそうに瞬きを繰り返した。刑事は、夏子の方へ半身を乗り出した。

「奥さん、御主人の言うことは事実ですか？」

「はあ……」

夏子は恥入るように肩をつぼめた。達也は正直なことを言っている。夏子も、事実は認めなければならなかった。

3

「クシとアリバイ、これが拙《まず》かったです」

岩島弁護士は重々しく腕を組んだ。

彼が飲んだレモンスカッシュの細長い容器は、とっくにさげられていた。夏子のコーヒーだけが依然として残されてあった。水を注ぎにくるウエイトレスの態度も邪険《じゃけん》になった。

繁昌《はんじょう》する店には、長居する客が迷惑なのだろう。夏子と岩島を除いて、客の顔はすっかり変っていた。

「どうしてでしょうか？」

夏子はテーブルの下の靴先を凝視して言った。

「木塚と父は他人ではないんです。木塚のクシが父の手に渡っていたとしても、不思議はありませんわ」

「しかし、場合が場合です。お父さんが大洗へ自分の意志で、それもたった一人だけで来たものかどうかが、重要なポイントだったんですからね」

「父が木塚のクシを持っていたから……それだけで、二人が一緒だったということになるんですか？」

「その可能性があったと言えるでしょう。普段はクシを持たなかったお父さんだし、髪の毛には何もついていないのに、クシにはヘア・ローションの匂いがしみていた。このことは、お父さんの死の直前まで、あるいは大洗へ、行動を共にしたクシの持ち主がいたことを裏付けるのです」

「でも、クシは父の持ち物の中にあったんですわ。以前から父が持っていたことにはなりませんか？　それに、木塚だって疑われる因になるようなものを、好んで父に渡すはずがないと思います」

「人間には、うっかり忘れるということがありますからね。例えば、お父さんと御主人が二人で大洗へ行ったと仮定します。お父さんが髪の乱れを気にして、御主人にクシを貸してくれと頼んだ。御主人は貸します。そのまま何となくお父さんはクシをポケットに入れてしまった。御主人も返してもらうことを忘れた……こうも考えられますよ」

「岩島さん、まるで検事の代弁しているみたいですのね」

夏子は実感をそのまま口にした。岩島は慌てたようだった。

「いや……」

と、ムキになって岩島は組んでいた腕を解いた。

「そんなつもりじゃありません。わたしは、あのクシなどという小道具さえ紛れ込まなかったら、と残念に思っているだけですよ」

警察が父の死を他殺と見たことは、夏子にも頷ける。その後の調べでも、父が自殺するべき具体的な原因は発見出来なかった。死を匂わせるような言動を誰にも見せてないし、遺書のようなものも、学校、自宅、現場附近ともいずれからも見つからなかった。夏子自身も、父が自殺するはずはないと確信していた。

それに、大洗という突拍子《とっぴょうし》もない場所を選んだこと。酔って縊死していたこと。この二点が、作為の翳をチラつかせるのである。

しかし、だからと言って、父の死と達也の犯行とを直線で結ぼうとするやり方には承服しかねた。その結論の起点は、クシという些細《ささい》なものと、たまたま五日の夜達也が家にいなかったということだけなのである。

「アリバイにしたってそうですわ。木塚が家をあけたというのも、偶然の一致なんです」

「とは言いきれんでしょう」

「たとえ、五日の晩、木塚がいた場所を証明出来ないとしても、木塚は六日の明方四時半に帰って来たことは間違いないんです」

「しかし、御存知のように、大洗へは三時間で行けます。すると、夜から翌朝にかけて東京大洗間を往復することは可能なんですよ」

「いいえ、あたくし時刻表を調べてみたんです。上野までくる常磐線の最終は、水戸発二十一時の『みやぎの』でした。父の死亡時間は夜中の一時から二時の間ですから、犯人は当然六日の朝の一番で東京へ帰って来たでしょう。一番列車は水戸発三時二十分で、これは上野に五時五十分に到着します。その直後に水戸発三時三十二分の急行『いわて』が発車して、これは一番より早く五時三十分に上野に着きます。でも、どっちにしろ五時三十分以前には東京へ帰って来られません。ところが、木塚が家へ帰って来たのは四時半だったのです。このことだけで、木塚が大洗へ行ってないことを物理的に証明していると思うんです」

暗誦《あんしょう》してしまった汽車の時刻表を夏子が羅列すると、岩島は気の毒そうな顔でそれに聞き入っていた。

「なるほど、そういうことも言えましょう。しかし、乗り物は汽車だけではないんです」

「でも、車を使ったりすれば、警察の調べではっきりしたでしょう?」

言いたいことの十分の一も言えなかった。自分の表現が、まどろっこい。言わんとすることを、言葉の行間にある詩を匂いとるように汲《く》んでくれればいいと夏子は思った。そこに夏子の現在の孤独《こどく》があった。

「奥さん……」

岩島は顔を斜めにして、目だけを夏子に向けた。およそ、詩などを解しそうにない品物のような彼の顔だった。

「そうおっしゃるのは、一応御尤《ごもっと》もです。御主人は確かに朝四時半には帰宅された。しかしですね。それを証明出来る人が、奥さん以外におりますか?」

「どういう意味でしょうか?」

岩島の言わんとすることが、素直に呑み込めない。夏子は眉《まゆ》に不審を漂わせた。

「言い換えればですな――」

岩島は色の悪い唇を指先で引っ張った。その表情に困惑があった。

「六日朝四時半に、御主人が、お家に帰られたのを、知っている人はおらんでしょうというのです」

「当然ですわ。明方の四時半、それも郊外の住宅地です。木塚の姿を見かけた人がいるはずはありません。多分、一番電車で帰って来たのでしょうね」

「そうなると、四時半以降のアリバイの信憑性《しんぴょうせい》は稀薄《きはく》ですね。アリバイ成立には、複数の証明者がないと確実とは言えません。この場合は、奥さんだけの証言ですからね」

「あたくしが木塚と口裏を合わせて、アリバイを偽装していると、おっしゃるんでしょうか？　そんなつもりなら、一晩中、一緒にいたと言いますわ。四時半に帰宅したなんて、ややこしいことは申しません」

　夏子は心外だった。疑うことも結構だが、人間の情理を無視した推測は下劣だと思った。

「死んだのは、あたくしの父なんです。あたくしが夫と共謀して父を殺したとお考えなんですか？」

　夏子は冷えた頰に手を当てた。大声で絶叫しながら、この店の中を転げ回ったら、さぞ痛快だろう。そう考えると、今にもそれを行動にしてしまいそうな気がした。夏子の中にもう一人夏子がいた。その衝動に駆られているもう一人の自分を、夏子は抑えた。

「そうは言ってませんよ」

　岩島はマアマアというように、顔の前で手を振った。

「奥さんだけの証明では記憶違いってこともあるでしょう。特別な人との接触でしたら思い違いはないかも知れません。しかし御主人の行動は、いわば奥さんの生活の一部でしょう。平凡な生活の連続となると、今日と昨日の区別さえつかなくなるじゃありませんか」

「でも、大洗の警察でそのことを訊かれたのは六日の夜だったんです。その日の明方のことを記憶違いするわけがありません」

「御主人が時間を錯覚させたかも知れません」

「いいえ、木塚が帰って来て間もなく牛乳屋が来ました。時計も正確だったんです」

夏子には自信があった。断言出来る根拠もある。しかし、その根拠を臆面もなく口にすることは出来ないし、たとえうち明けたとしても、嘘《うそ》だと言われればそれっきりなのである。


十二月四日まで、夏子は生理だった。だから、五日に久しぶりに風呂へ入った。生理に関する女の記憶は正確である。同時に、これは夫婦生活の微妙なポイントでもあった。

夏子の身体は、生理が終ると必ず欲求が強まった。達也にしても、それを待っているのは当然だった。まだ新婚に属する二人なのである。夏子の身体が綺麗になった日には、誰にも言えない夫婦の慣習があったのだ。つまり、六日の明方は帰って来た達也を待ちかねていたように、夏子は彼の胸の中に包まれたのである。これほど確固としたアリバイの証明者はないだろう。酔った夫は確か『赤とんぼ』の歌を口ずさんでいた。もし達也が、あの夜父と行動を共にしたのだとしたら、六日朝の四時半以降、夏子は夫以外の男と同衾《どうきん》していたことになるのだ。

　ふと夏子の肌に達也の感触が甦《よみが》える。彼の体臭が懐しかった。その夫は越えることの出来ない壁の向こうに隔離されている。夏子には、甘くそして暗い複雑な感情の起伏があった。


「その点は、充分考慮してみましょう」

　申し訳のように言って、岩島は右手で左肩をトントンと叩《たた》いた。

　考慮する、とは曖昧《あいまい》で間に合わせの言葉だった。夏子は、そんな言葉を聞きたくはなかった。六日朝四時半以降の達也にはアリバイがある。ただ、それが信じられないだけだ。誰でも、常に行動の監視者を数人作っておかなければならないものだろうか。夏子は、運命の前の人間の脆《もろ》さを感じた。

「しかし、御主人はなぜ嘘をついたんでしょうね」

　岩島は火を点けないうちに揉《も》みくしゃになった煙草を捨てて、新しいのを一本抜き取った。

「御主人は最初、大洗の警察で、五日の夜は一人で映画を見てから六日の朝四時半に帰宅するまでバーにいた、と述べられましたね？」

「それが嘘だったんですか？」

　夏子は岩島の顔を覗き込んだ。

「警視庁や地検で追及されると、それが全く出鱈目《でたらめ》なんです」

「まさか……！」

　夏子は小さく叫んだ。

「いや、冗談ではないんです」

　岩島は煙草の煙りの中で渋面《じゅうめん》を作った。

「映画はどこで見たかという質問に対して、日比谷劇場だと答えたんですがね。映画の題名、その内容はと訊くと、御主人は忘れたと言うんです。最近見た映画の題名も内容も知らないという返答は、ちょっと通用しませんよ」

　夏子は唖然《あぜん》となった。達也がなぜ、そんな無意味な出鱈目を口にしたのだろう。日比谷劇場へ入ったというのは、明らかに嘘である。達也は一人でロードショー劇場へ入るはずがなかった。夏子が誘っても、小さな映画館の方が気楽だと尻込《しりご》みする達也だった。

「それに、六日の明方まで飲んでいたというバーですがね……」

「それも……？」

　嘘だったのか、と夏子の気持は萎《な》えた。手をのばして取ろうとした瞬間に、そのものを横合いから持って行かれたような思いだった。

「御主人は麻布六本木の『香貴苑』という店にいたと主張したそうなんですが、警察の裏付け調査によると、木塚さんらしい人が該当時間に『香貴苑』にいた様子はないのです」

「その店は時間外営業していたので、警察に本当のことを言えなかったのではないんですか?」

「いや、その店は風俗営業ではないのですから、朝四時まで営業してますよ。六本木には終夜営業の店が多いですね。外人や芸能人が深夜に集まって来ます。『香貴苑』は、北京料理の店でね。店の奥にスタンドバーがあるんですよ。御主人は、そこで飲んでいたと言われたんですが……」

「店の人が否定したというのは、確かなことなんでしょうか?」

「ええ。スタンドバーにはバーテンとボーイが係として詰めていますが、この二人が揃って否定しているんですね。五日の夜十一時頃から、バーは若い女ばかりで占められて、止り木は満員だったというんです。六日に入って、つまり深夜ですが、その二時頃から明方四時までは、顔見知りのバンドマン、それにテレビ女優とその恋人、ゲイボーイが二人、という人たちだけが飲んでいたんだそうですが……。バーテンは、飲んでいる客は長居するから顔を覚える、間違いはない、と断言したという話ですよ」

麻布六本木の『香貴苑』。聞いたことのない店だった。夫がそんな店を知っていたのだろうか。外人や芸能人が集まるような派手な場所を、達也は最も嫌ったはずだ。彼の劣等感が、華やかなものを畏怖《いふ》するのだ。達也がいつも行くバーは、渋谷か下北沢あたりの小さな店だと聞いている。『ハイボール五十円』の看板があると、達也はそのバーを見て飲みたそうな顔をする。夏子はそんな時、回数を減らしてタマには一流バーで飲んだら、とよくからかったものである。

その達也が、いつの間に、特殊な職業人ばかりが集まるような店へ行くようになったのだろうか。これもやはり、日比谷劇場へ行ったというのと同じように、達也の作りごとではないかと、夏子は思った。

夫が何の目的で、嘘らしい嘘をつくのか、夏子は危惧《きぐ》した。達也は進んで、自分を窮地に追い込んでいるようなものである。

「帰って来られた時、御主人は酔ってましたか?」

岩島がライターを弄《もてあそ》びながら訊いた。

「ええ。大分酔ってましたけど……」

夜具の中で達也に抱き寄せられた時、その息の酒臭いのに閉口したことを、夏子は思い出した。ひつっこいほど『赤とんぼ』を歌っていた達也である。

「困った人ですね、御主人も。虚偽のアリバイを主張すれば、どうしても不利になりますよ。犯人でなければ出鱈目を言う必要がありませんからね」

岩島は唇を突き出して、二本目の煙草に火を点けた。ライターをコツンとテーブルに置き、息を鳴らして煙りを吐く。急にその態度が粗暴になったようだ。この点は明らかに達也の非であって、弁護士が困惑するのは当然ではないか、ということを強調しているのだろう。

「わたしは勿論、御主人を犯人とは思ってない。という立場から考えて、御主人は一体何のために、すぐバレるような嘘をついたんでしょうな」

「分かりませんわ。ただ言えることは、あの人の気持がすっかり混乱しているのではないでしょうか。どうしていいのか収拾がつかないんですわ。何も知らない人間が、いきなり殺人容疑で逮捕されて、離れ小島のような場所で厳しく追及されれば、誰だって正常じゃなくなります。辻褄《つじつま》の合わないことも口走るでしょうし……。特に木塚はとても気が弱いんです」

「気が弱いですか……」

岩島は微かに苦笑した。

「担当検事の話ですと、相当手強《てごわ》い……そうですよ。奥さんの前ですが、大した男だと検事が首をひねってました」

「あの人は、そういうふうに見えるだけなんです」

夏子は声を鋭くした。

達也が頑強に否認し続けているから、検事はそう言うのだろう。身に覚えのないことは、認めないのが当然ではないか。検事の前で、ムッツリと項垂《うなだ》れている達也の、寒々とした肩のあたりが目に浮かぶ。きっと痩《や》せ細ったに違いない。色の悪い顔には無精髭がのび放題だろう。あの無口で小心な夫が、いたわしかった。子供が、いじめられ、こづき回されているような気がする。不合理だった。夏子は世間全体を憎悪していた。

「とり乱したからって、口から出まかせの嘘をつくというのは妙ですな。どこにいたのか事実をうち明けてくれと頼んでも、このわたしに対しても黙秘なんですからねえ。弁護士にも本当のことを言わないとなると、これはもう処置なしですよ」

欧米人がするように、岩島はさげた両手を左右に開いた。

夏子は、達也が意識して嘘をついているのだとは考えたくなかった。彼は気持の動揺から、その思量が支離滅裂になっている、と解釈したかった。

達也は自分自身を見失ったか、そうでなければ依怙地《いこじ》になっているのに違いない。弱者が全てを諦めると、常識さえも失ってしまうものだ。彼は自分だけの殻の中に閉じこもる。死が目前にあっても、子供のようにその鈍重な反抗を続けるだろう。

夏子には事実を話すかも知れなかった。しかし今は、達也に声をかけることも出来ない。痒《かゆ》いところへ手が届かないような焦燥を、夏子は感じた。

「それやこれやで、検察側は自信を持ったんでしょうね」

「…………」

「御主人の供述はしどろもどろだし、虚偽のアリバイを、申し立てる。例のクシの一件もあるし、指紋の問題もある」

「指紋？」

指紋の問題というのは、夏子が初めて耳にすることだった。

「お父さんの遺品の中に、古いカメラがありましたね。あのカメラのケースから、御主人の右手四指の指紋が検出されたんですよ」

「そんなことは……」

夏子は、睨《にら》むように岩島を見た。

「父と木塚は、同じ家で生活していたのです。父のものに、木塚の指紋がつくこともありますわ」

「しかし奥さん、あのカメラは普段その辺に置いてあったものではないでしょう。お父さんが、どこかへしまい込んでおいたものだそうですね。仮りに御主人があのカメラに触れたことがあったとしても、それが以前の話なら指紋は消えたり欠けたりします。ところが検出された指紋は、その鮮明度から言っても極く最近のものなのです。考えようによっては五日の晩に、御主人があのカメラに触れたという推定も成り立つわけですよ」

「………………」

夏子は口を噤《つぐ》んでいた。胸を風が吹き抜けて行くようだった。身体のどこかが寒かった。それは一種の敗北感かも知れなかった。

捜査の管轄は、事件発生地の地方警察局か被疑者の居住地の地方検察庁かという二つの場合がある。達也の場合は後者だった。東京管轄の地検が主で、それに茨城県警が協力するという形だった。

　夏子はこの大きな機構を思った。多くの係官たちが捜査に加わったに違いない。そして彼等は架空の事件を、闇雲《やみくも》に捏造《ねつぞう》しているわけではないのだ。動機、クシ、指紋、不可解な達也の言動、という連鎖が、夏子の夫を中心に環を描いたのである。

　夏子は、自分だけが狂っているのではないかと思った。幾ら自分の頬をつねっても痛みを感じないような、不安定感である。

　夏子は、達也と話を交すことが出来た最後の夜を思い浮かべた。こんな結果になることを予期していたとしたら、あの夜、達也と離ればなれにならなかったろう。せめて一晩でも、一緒にいたかった。なぜ達也を一人、大洗に残してくるようなことをしたのか、夏子の心の隅には一片の悔いがあった。

　大洗の警察の前で、車に乗った夏子を見送っていた達也の顔が、急にいとおしくなる。あの時、一緒に帰りましょうと一言、声をかければよかったのだ。

　しかし、あの場合は、夏子か達也のどちらかが大洗に残らなければならなかった。

「どうして、そんな必要がある？」

　達也は、あの時縋《すが》るような目をしていた。

「だって、仕方がないじゃないの。子供みたいにゴネるのはよして」

　夏子は気が立っていた。やらなければならないことが溢れている。頭の中は明日からのことで渦巻いていた。達也の我儘《わまま》の相手はしていられなかった。

「あたしかあなた、どっちかが今夜中に東京へ帰らなければならないわ」

「なぜ？」

「連絡をとらなければ……」

「明日だっていいだろう」

「こういうことは、一刻も早く知らせるべきところへ知らせなければならないのよ」

「ここからだって連絡出来るだろう？　電話だってあるんだ」

「電報を打つにしても、どういう人に打ったらいいのか、その人の住所なんかも、家に帰ってみなければ分からないでしょう」

二人は大洗警察の入口近くにある長椅子で言い争った。

「じゃあ、ぼくも東京へ帰るよ」

達也は頬をふくらませた。すねた時の顔だった。

「お父さんをどうするつもり？」

夏子は叱るように言った。こんな時にも甘えてくる夫が苛立《いらだ》たしかった。

「解剖が明日のいつ終るか分からないのよ。それが終ってから火葬でしょう。お骨になったお父さんを、一人にしておくっていうの？　警察へ預けておくなんて、あんまりじゃないの。あたしかあなたが、すぐ東京へ抱いて来て上げなくては……」

「それなら、その時まで一緒に大洗で待っていようよ」

「何言ってるのよ。遊びに来てるんじゃないのよ。二人がここにいて、どうなるっていうの。いろいろな準備を一刻も早くしておかなければならないでしょう?」

「だけど……」

「何がだけどなの。じゃあ、あたしがここに残るから、あなた東京へ帰って何かと手を回して頂戴《ちょうだい》?」

「そりゃあ――」

「出来ないでしょう? それならもう仕方がないじゃないの」

夏子の語尾が甲高《かんだか》くなり、彼女は両膝を拳《こぶし》で叩いた。達也は圧倒されたように、視線をそらした。

どうしてこう駄々っ子なのだろう、と夏子は思う。普段ならば、彼女にとって達也のこういうところが魅力だった。しかし、場合が場合だけに、夏子は情けなくなった。

天性というものなのだろう。成人するまでの環境から言えば、達也と夏子は性格的に逆であるはずだった。

夏子は中流家庭に育った。生活にも恵まれていた方である。だが、達也の半生はあまり幸福だったとは言えないだろう。両親とは早く死に別れている。兄弟もない。小さな下駄屋をしていた伯父夫婦に引き取られて、多勢の従兄弟《いとこ》たちと一緒に育てられたという話だった。夏子よりは、はるかに苦労も重なっただろう。

しかし、夏子は勝っ気だったたし、どちらかと言えば世馴れているというタイプだった。それに反して、達也はお坊っちゃん育ちのように、考え方が甘かった。何かに寄りかかっていなければ一人前の口もきけないのだ。

こういう時の夏子には夫が重荷だった。だが、達也がしょげたように沈んでしまうと、つい優しくしてやりたくなる。

勤めが終ってから夏子だけを先に帰して、達也の帰りが遅くなることも、ちょいちょいあった。バーに寄ってくるくらいだから、別に嫉妬《しっと》はなかったが、帰りを待っているうちに夏子も腹を立てる。だが、いざ帰って来た達也に、ごめんねと弱々しい笑いを見せつけられると、夏子はどうしても怒れなかった。

「じゃあ、いいわね?」

夏子は柔らかく達也の肩に手をかけた。達也は顔をそむけたまま頷いた。

「これで足《た》らすのよ。大洗の旅館に泊るといいわ」

夏子は五千円札を、夫のポケットに押し込んだ。

車を頼んで、警察の前から夏子はそれに乗った。達也は警察の入口に佇《たたず》んでいた。逆光を浴びて、シルエットが浮き上っていた。顔は見えないが、その影は沈んでいる感じだった。

だ。

「じゃあ、お願いね」

車の窓から夏子が言うと、達也の輪郭が僅《わず》かに揺れた。不憫《ふびん》な気がしたが、夏子は感傷だと思った。肉親の死は人を弱気にさせるのだろう。何でもない別離でも、胸にしみるのだ。


上野に着いたのは、二十二時三十八分だった。夜行列車を待つ人で、駅の構内には活気があった。だが駅を出ると、東京の夜景は疲れを見せ始めていた。

夏子はタクシーで烏山へ向かった。新宿から甲州街道へ出て、約二十分で千歳烏山の十字路である。そこを右へ折れて、更に五分ほど走らせると寺町だった。

この附近は既に深い眠りの中にあった。畠も森も、黒い空に融合していた。

元隆寺という寺の角から、百メートル近く入ると、枯草の乱れた空地がある。これが重四郎がバラ園を作ると言っていた土地だった。

夏子は空地の前で車を降りた。夏子の家はこの空地沿いに歩いて、左端の一角にある。造りは古いが重味のある二階家が見えた。灯りが洩れてないので、家は黒い氷山のようにその輪郭だけを見せていた。

向かいの家の前を通ると、隣家の玄関に灯が点いた。八住というセールスマンの若夫婦が住んでいる。電話をよく借りるので、この夫婦とは懇意だった。

玄関に人影が映った。八住の妻らしかった。車の音を聞いて起き出して来たのだろう。

隣家の主人が変死したのである。若夫婦も何となく緊張していたのに違いない。警察や学校の関係者たちも、この家に立ち寄って様子を聞いて行っただろう、迷惑をかけている、と夏子は思った。

鍵《かぎ》をひねる音がもどかしそうにして、玄関の戸があいた。

「夏子さん！」

八住の妻礼美子《れみこ》は、寝巻の上から羽織をひっかけていた。

「どうもお騒がせして……すみませんでした……」

「夏子さん、どうしたっていうんでしょう。ねえ、えらいことになっちゃって……」

礼美子は、乱れた髪に手をやった。普段は底抜けに明るい彼女の、化粧を落とした顔が蒼褪《あおざ》めていた。

「何が何だか、分からなくて……」

「そうでしょうねえ……」

「一人でしょう。だから……」

「旦那さんは？」

「大洗に残して来ました」

「そう……。大洗まで行ってらしたの」

「ええ」

「それで、お父さんは……」

「自殺じゃないと思うんです。父がいた旅館へ東京から電話がかかったといいますし、父は誰かに大洗へ行くと教えてあったんですから……」

夏子は俯《うつむ》向いた。

二人の女は、しばらく冷たい風の中で凝然と向かい合っていた。元隆寺の森がサラサラと鳴って、闇が動いた。

「少し休んで行ったら、いかがです！」

家の奥で、八住が怒鳴った。

「そうそう、ね、とにかくお入りなさいよ。熱いお茶でも飲んで……」

礼美子は夏子の手をとった。彼女の手は温かった。夏子の掌が冷えているせいかも知れなかった。

「いいえ――」

夏子は辞退した。

「あたくし、家へ行きます。父の部屋を調べてみたいんです」

父の部屋に、父の死の原因を教えてくれるものがあるかも知れなかった。とにかく夏子は、父の部屋を一応見てみれば気がすむように思えた。

「どうもいろいろと御迷惑をかけて……」

後ずさるように、夏子は八住家の玄関を離れた。

「いいえ。何かお役に立つようなことがあったら、遠慮なくおっしゃってね」

八住の妻は乗り出して声を張った。

夏子は道路をよぎった。背後で八住の家の玄関がしまる音がした。夏子は一人とり残されたような気がした。

門の木戸から入り、飛び石が三つあってすぐ玄関だった。門灯をつけて、鍵をあける。この家の中に誰もいないことが不思議であった。死体の父や大洗に残っている夫が、別の彼等であるように思える。家の中で二人がウイスキーを飲んでいる図を、短く想像した。玄関をあける音が空しく反響する。家の中は冷え冷えとしていた。何年も人が住んでいないような違和感があった。

茶の間の食卓に、父の湯呑茶碗が置いてある。食卓の前の坐椅子には、まだ父の体温が残っているような気がした。夢の中で夢を見ているのではないか、と夏子は部屋の中を見回した。家に帰ってくると、父の死の実感が遠のいて行くようだった。

夏子はコートも脱がずに、二階へ上った。二階には二間あった。六畳と八畳だった。六畳が夏子夫婦の寝室で、八畳が父の書斎兼客間である。

夏子は父の部屋へ入った。遺書のようなものでもあってくれれば、かえって胸にある煤《すす》のようなものが拭い取れるかも知れない、と夏子は思った。

父の部屋は整頓《せいとん》されていた。書棚には各種の全集本が背表紙を見せている。三点セットも、回転椅子も所定の位置に嵌《は》まっていた。大型デスクの上には、万年筆が一本転がっている。書類箱は空っぽだった。デスクの抽出しをあけてみたが、常時入っているものばかりである。目新しいものは見当らない。便箋《びんせん》を開いてみたが、白紙であった。

いちばん下の抽出しには、マッチ箱が幾つも放り込んであった。同じレッテルのマッチが多かった。そのうちの何個かのマッチに、夏子は見覚えがあった。父の遺品の中にあった『バー・ニュー渋谷』の円筒形のマッチだった。

夏子はその円筒形のマッチ箱をより出してみた。全部で六個あった。残りの十個が『クラブ・ハイライト』というレッテルのマッチだった。どれも手つかずのマッチばかりである。父は生前、この二軒の店の常連だったのだろう。

夏子はデスクに並んだマッチを見下した。マッチはただそれだけのものだった。父の死の真相を語ってくれるはずはなかった。

夏子はふと『ニュー渋谷』のマッチの一個になにか字のようなものが書いてあるのに気がついた。夏子はそのマッチを掌に置いて目を寄せてみた。

『菅沼産婦人科』

とマッチにはペン字で書いてあった。そのペン字は父の字に違いなかった。《菅沼産婦人科……》夏子は眉をひそめた。父がなぜこのマッチに産婦人科医院の名前を書き込んだのか想像もつかないことであった。

夏子はコートの衿《えり》を立てて電灯を見つめた。静かだった。時の流れる音が聞えて来るような気がする。時折、思い出したように風がひくい声で歌った。机の上の一輪挿に温室咲きのバラがしおれていた。旅行用の置時計だけが、規則正しい音を立てていた。まるで時計が留守番をして居るような感じだった。とにかく分からないことばかりであった。誰もが自分勝手な行動を取り、尻拭《しりぬぐ》いだけを全部夏子におしつけているような気がした。数本の糸が錯綜《さくそう》している。そして、どの糸も途中で切れているのだ。父は日記をつけてはいない。すると、今日の結果に至る迄の経緯を知るすべはないのだ。父は過去を連れたまま死んでいった。

夏子は、途方にくれた。彼女は椅子に腰をおろして、室の中を見まわした。足の先で屑《くず》籠《かご》をこねまわしながら、肩で息をする。何もかも、自分のやることが徒労であるような気持になった。

夏子はなにげなく、足でふれていた屑籠を見た。まるめた紙屑が三つ四つ投げ込んである。夏子の興味を引いたのは、屑籠の底に散っている紙吹雪のようなものだった。それは写真を細かく破り捨てたものだと一目で分かった。

写真を細かく裂いて捨てる——これは、人間が安らかな気持でやることではない。写真帖やスナップを整理したりする時は別だが、そうでなければ破り捨てる人間の気持に、衝撃なり決意なり或《あ》る意味での『節《ふし》』がある場合だ。

写真は人間の過去のためにあるものだ。同時に、写真は写っている人間の分身でもある。それを破り捨てるからには、父はそこに写って居た人間に訣別《けつべつ》を告げるつもりか、さもなければ憎悪していたのではなかったか。

夏子は漠然とこの破り捨てられた写真と父の死を結び付けて考えていた。

夏子は、屑籠に手をのばすと写真の断片を拾い集めて、机の上で繋《つな》ぎ合わせて見た。間もなく写真は九分通り復元出来た。

《……?》

写真はキャビネ判であった。被写体は人物で十二、三の女の子であった。最近売出しのロカビリー歌手に似た愛くるしい顔をしている。あまり上等とはいえないワンピースの肩のあたりにお下髪《さげ》がかかっていた。しかし夏子にはまるっきり見覚えのない顔であった。父とこの少女との間にどんな関係があったのだろうか。そしてまた、父はなぜこの写真を破り捨てなければならなかったのか。第一、このような少女の写真が夏子の家にあること自体が不思議であった。

この時である。階下で玄関の戸が開けられる音がした。夏子はビクリと肩をふるわせた。悪いことをしているわけでもないのに、夏子は訳もなく怖気《おじけ》づいていた。夏子にはそれがどんな形であっても、現実の進展が怖ろしかったのだ。凶事の後に安堵《あんど》はない。ここしばらくはこうして何事に対しても怯《おび》えなければならないのだろう。

「ごめん下さい。今晩は……」

遠慮がちながら透徹《すきとお》った男の声がした。南光夫の声だった。夏子はドスッと畳に音を立てて足をおとした。立ち上る時はゆっくりと、そして階段は半ば駈け下りるように夏子は玄関へ出た。玄関には南光夫の暗い顔が門灯のあかりを斜めに受けて青白く光っていた。

「夏子さん……」

南光夫は喰入るように夏子を見た。

「校長はやはり……」

「ええ……」

夏子は曖昧《あいまい》な頷き方をした。

「とにかくお上りになって」

そう言っただけで夏子はもう階段の方へ歩き出していた。この場で多くを語りたくはなかった。どうせ南光夫も同じようなことを尋ね夏子も同じようなことを答えるに違いないからだった。

「さっきから二、三回ここへ来ているのです。今初めて家の中に電灯がついていたものですからお帰りになったと思って」

南光夫は夏子に従いながらそう言った。今夜は妙に角張った口のきき方をする彼だった。

「父は亡くなりました……」

二階の部屋へ入ると、夏子は思い出したように告げた。

「事故死ではありません。他殺か自殺かもはっきりしないのです」

「亡くなったのは？」

「昨夜遅く――っていうより、今朝になるわね。一時から二時の間……」

「……」

沈痛な面持ちで、南光夫は頷いた。

「南さん、父が死ななければならなかった原因について、心当りありません？」

夏子は小指の爪《つめ》を噛んだ。

「というと？」

「例えば、父が死ねば救われるとか思っている人がいたかどうか。それから、父が自殺に追い込まれるような原因……」

父の身辺については、南光夫が最も詳しかったと言っていい。家庭内での葛藤《かっとう》を除けば、父は全てを南光夫に話して聞かせたらしいからだ。

「さあ……」

南光夫は、夏子の向かいの椅子に腰を下した。

「急に言われても思いつきませんね。これと言って、具体的な心労の種は思い当らないし……。校長という職務から考えても、人から抹殺を計られるような原因はないでしょう」

「南さんは、父が大洗へ行ったことを全然知らなかったんですか？」

夏子は、昨夜の七時頃、父が泊っていた大洗の浜田屋旅館へ東京から男の声で電話がかかった、という話を思い出した。その男の声とは南光夫のものではなかったか、と思いついたのである。

だが、南光夫は極く自然に頭を左右に振った。まるで、その質問を予期していたように、あっさりとした否定ぶりだった。

「知りませんでしたよ。旅行に出るということは聞かされていましたが」

「すると、大洗にいる父のところへ、電話などかけなかったというわけですね？」

「勿論ですよ」

「昨夜、東京から父のところへ電話があったというんです」

「では、校長が大洗へ行かれたことを知っていた者がいたわけですね？」

「それは確かです」

「とすると……」

ふと南光夫は口を噤《つぐ》んだ。というより、むしろ何かを口に出しかけて、言い渋ったという感じだった。彼の端整な顔立ちが微かに歪《ゆが》んだ。眉のあたりに暗いものがあった。

「何か……？」

夏子は乗り出した。

「こんなことを言っていいか分かりませんが……」

南光夫は胸の前で、両手の長い指を組み合わせた。

「確か三日の夜、ぼくはここへお邪魔しましたね。あの時の話なんですが……」

「ええ」

大洗の警察で見せられた父の遺品の中に、三日の夜伺うと走り書きされた南光夫の名刺があった。事実、彼は三日の夜やって来て、父と二人きりで話し込んでいた。南光夫はその時のことを言おうとしているのだ。

「実はあの時、ぼくは校長の失態を責めに来たんですよ」

「失態？」

「校長自身はそう意識していなかったかも知れませんが、明らかに失態です」

「どんな……」

「裏側にどういう事情があったか詳しいことは知りませんが、校長は先月の末に誠心館出版部の連中と、料亭で会合を持っているんです」

「誠心館出版部……」

これが大手三社の一つに算《かぞ》えられる教科書会社の名称であることは、夏子も知っていた。その誠心館出版部の者と父が、料亭で会合を持ったというのは穏やかなことではない。教科書会社と小学校の校長——この結びつきは、新教育実施による教科書内容の改訂という時期から言っても、色眼鏡《いろめがね》で見られるのは分かりきっている。

「とにかく、文部省が、教科書売り込みに不正のないようにと要望している時ですからね。たとえ、個人的に会ったのだとしても、校長のこの行為は誤解されるし、責められても仕方がないことです」

南光夫は頬の筋肉を引き締めた。奥歯を噛み合わせているのか、顎のあたりがヒクヒクと動いていた。

「新指導要領によって改められた教科書の販売数は、しめて二億三千万冊、金額にして百五十億円、大ベストセラーです。各教科書会社が売り込みに血眼《ちまなこ》になるのは当然でしょう。地方では同一教科書に統一する県もありますが、東京では任意です。すると教科書売り込みに関して、校長の存在がかなり重要になって来ます。つまり、今度の場合などは誠心館出版部がわたりをつけるために、校長を供応したと解釈されても仕様がありません」

「南さんは、どうしてそのことを知ったんです？」

「教育委員会から問い合わせが来たんです」

「父が教科書会社の人と会ったことが、教育委員会の耳に入ったのですか？」

「ということになりますね。教育委員会からそういう事実があったかどうか、問い合わせて来たんですから」

「だって、父がそんなことを喋《しゃべ》るはずがないし、教科書会社の人は尚更秘密にしたでしょうが……？」

「その点がよく分からないのです」

「南さんがそのことを話した時、父は何んて言ってました？」

「黙って聞いておられました。たった一言、そんなつもりで教科書会社の人間に会ったわけじゃないって言われましたがね」

「そう……」

夏子は視線を畳に落とした。

父の苦悩の種になるようなことを、一つ発見出来たわけである。このことが直接、父の死に繋るものかは分からない。しかし、父の平穏な生活に一つの波紋を描いたものには違いなかった。

これは、父の死が自殺であろうと他殺であろうと、どっちの場合においてもその原因になる可能性はあった。

たとえ誤解であろうと、父の立場から言えば教科書会社からの供応は、一種の汚職である。それも多くの子供たちの教育を、種にした汚職となれば、教育者としての責任も強く感じただろう。

父は、教科書会社の供応を受けた事実が教育委員会の耳に入ったことを知り、その責任をとる気になった、とも考えられる。これは自殺と仮定した場合だ。

他殺とすれば、父の汚職が実はもっと広範囲に影響力を持ち、そのために自己保身が危くなる誰かが、父の口を塞《ふさ》ごうとした場合である。

少し大袈裟《おおげさ》な見方だが、小さな汚職にしろ事が教育界に関係するものだとしたら、あるいは一人の人間を抹殺するほど自己保身に汲々とする者もいるかも知れないのだ。

「つまりです」

南光夫は話を出発点へ戻した。

「校長が大洗へ行かれたことを知っていた者——大洗の旅館へ東京から電話をかけてきた男ですがね。この男が、あるいは誠心館出版部の者ではなかったか、と思いついたんですが……」

あり得ることだ——と、夏子は思った。

誠心館出版部の人間と会ったことが教育委員会に知られた、と南光夫からの報告を受けた直後に、父は旅行を思いついている。本来ならば、進んで教育委員会に対して申し開きをすべき立場にありながら、父はまるで逃げるようにして旅行へ出た。

これは、誠心館出版部と打ち合わせた上での予定の行動ではなかったか。しばらく姿を隠しているうちに、誠心館出版部の方で教育委員会に対して何らかの手をうっておく——こんな約束のもとに、父は大洗へ出掛けたのではないだろうか。

とすれば、当然誠心館出版部だけが父の居所を知っていただろうし、大洗へ逃避した父に連絡もとったろう。

とにかく、夏子の知らなかった父の一面がちょっぴり顔を覗かせたわけである。だが、そのことが夏子の混乱した思索を整頓させてはくれなかった。

そのくせ、結果だけは容赦なく生まれて来た。翌日、夏子は刑事の訪問を受け、夫の達也について何かと問い糺《ただ》された。そして、間もなく父のお骨を抱いて帰って来た達也は、そのまま警察へ連行を求められたのである。

「ちょっと署までご足労願えませんか」

と、刑事に言われた時の、壁土のようになった達也の顔色と、救いを求めるような彼の眼差しを、夏子は忘れることが出来なかった。

4

岩島弁護士は黙りこくっていた。もう話すことはないという横顔だった。彼もそろそろ、この喫茶店に長居していることが気になりだしたのだろう。何となく手や足の位置を変えるのが、落ち着かない様子だった。

自分をさぞ強情な女だと思っているに違いない——と、夏子は考えながらも彫像のように動かなかった。断片的な回想から現実に還っても、夏子にはその区別がつかなかった。あたりには、クリスマス音楽を白昼に聞くのと同じように、妙にチグハグな違和感があった。自分がまだ回想の中にいるような気もする。

岩島が拳を口に当てて、大きな咳《せき》ばらいをした。言うことはないのか、と促しているようだった。

夏子は指先をテーブルの上に置いた。その細い指がテーブルの光沢に浮き上るように映った。

「大洗の父のところへかかった電話は、東京のどこからかけたものか、分かったのでしょうね？」

夏子は指先でテーブルに円を描いた。光沢の中の指も、それにつれて回った。

「分かりましたよ。市外通話ですからね」

岩島は答えた。

「どこでしたの？」

「ニュー渋谷というバーからです」

「ニュー渋谷？」

「お父さんの遺品の中にも、そのバーのマッチがあったそうですね」

遺品の中にあったばかりではない。父の机の抽出しからも、幾つか見つけ出している。

つまり、『ニュー渋谷』は父がよく通ったバーなのだ。そこから大洗の父のところへ電話をかけた者がいる。それが、父の行方を知っていた唯一の人物なのだ。夏子は、ややきつくなった視線を岩島に向けた。

「電話をしたのは誰だったんです？」

「それが、はっきりしないのです」

「なぜでしょうか？」

「ニュー渋谷は、バーと言ってもクラブスタイルの店で、大きいのです。電話料はサービスということで無料なんですよ。従って、誰がどこへかけるか店の者は一切気にしていません。五日の夜、ニュー渋谷から大洗の浜田屋旅館へ電話をかけた者がいることは明確ですが、それが誰だったかは分からないんです」

「でも、電話を申し込んで、大洗に繋がれるまで間があったはずです。その間、電話の傍で待っていた人間に見覚えもないなんて、考えられませんね」

「そうなんですが……」

「事実、誰も見かけなかったというんですか？」

「ボーイたちは、見なかったと言ってます」

「女の人は？」

「その電話は、ボックス席やカウンターからは離れているところにあるんです。ですからホステスたちの目に触れないっていうわけですな」

「男だったということは分かっているんですから、その線で聞き出せば、何とかそれらしい人物が浮かび上ってくるのではないでしょうか？」

「浮かび上っていますよ」

岩島は重たそうに唇を動かした。

「電話をかけたかどうか確認出来ませんが、あなたのご主人が五日夜七時前に、ニュー渋谷に姿を現わしていますよ」

「え……？」

「そうです。映画を見ていたはずの時間に、ご主人は『ニュー渋谷』に姿を現わしたっていうわけです。恐らくご主人は、このことを隠したいばっかりに、映画を見ていたという出鱈目の主張をされたんでしょうが……」

「それで、主人はそのことを認めたのですか？」

「いや、頑強に否認しているようです。しかし、ご主人が七時前『ニュー渋谷』へ来て、三十分ばかりかかってハイボールを三杯飲んで行ったということは、動かしがたい事実なんです」

「すると、警察では父が大洗へ行ったことを、木塚が知っていたと見ているんですか？」

「そう解釈せざるを得ないでしょう」

「…………」

またも夏子は、突き放された気持になった。

夫は、映画を見に行ったと嘘をのべたばかりではなく、その時間に『ニュー渋谷』に来たという。父――『ニュー渋谷』――夫、と結びつけて考えられるのは当然である。

しかし、妙な話であった。父は何のために達也だけに本当の行先を教えたのだろう。夏子にさえ、伊豆へ行くと言い置いて行ったのだ。

何から何まで、夫が不利になるように出来ている――と、夏子は思った。

ほんの小さなキッカケから、全ての道具立てが揃って、足掻《あが》くに足掻けないという運命の空転がある。達也もその一点の狂いに足をすくわれて、行くところを知らない潮流に引き込まれたのではないか。

そうでなければ、達也を表面に立てて、巧妙な罠《わな》を仕掛けた蔭《かげ》の犯罪者が存在するのかも知れない。

いずれにしても、目の前に築かれた厚い壁を打開するより仕方がないのだ。達也は、自分がいなければどうにも出来ない人間なのだ――という自負が、夏子にはあった。自負は女の武器だった。それが彼女を強くした。誰を頼るつもりもなかった。頼れる者もいないのである。夏子は自分だけの世界を背負って歩こうと思った。

「起訴はいつ頃になるでしょうか?」

夏子は、ようやく胸を張った。

「検事勾留《こうりゅう》は十日間です。その期間中に起訴することが出来なければ、被疑者を釈放しなければなりません。起訴は恐らく、勾留十日目のギリギリに行われると思います」

岩島は律義そうに、揃えた膝に手を置いた。

「なぜ、そんな土壇場《どたんば》まで、起訴を引きのばすんですか？」

「一つでも余計に決定的な証拠を欲しいからですよ。今のところでは、心証物証ともに弱い感じです。それに奥さんのアリバイ証明が一つのガンになってますしね」

「すると、検事勾留の最後の日まで、あと三日あるわけですね？」

「そういう計算になりますが……」

と、岩島は不審そうな顔で、夏子を見やった。

「三日間あるのが、どうしたんです？」

「あたくし、その三日間のうちに、何とかして真相を知りたいんです」

「それは、どういうわけです？　何も三日間に限定することはないでしょう」

「つまり、木塚の職業上、その点が大切なんですわ」

「御主人は、公務員でしたね？」

「ええ。公務員は刑事事件で起訴されたりすると、懲戒免職になります。労働問題などで起訴された場合には、有罪無罪の確定までは停職という形をとりますけど、破廉恥罪《はれんちざい》ですと、現行犯だったら勿論だし、起訴されれば有罪無罪に関わりなく、懲戒免職になる恐れがあるんです。任命権者の裁量で出来るんですわ。公務員として相応《ふさわ》しくないということなんでしょうね。官庁を懲戒免職になったら、人間もう浮かばれませんわ。前科も同じくらいの烙印《らくいん》なんですから……」

「しかし、難かしいでしょうな」

やめた方がいいと言わんばかりの、岩島の口ぶりだった。力んだところで、何の知識も機動力もない、ただの女ではないか——という、専門家としての軽侮のようなものが含まれていた。

「努力だけはしてみますわ」

夏子の目が強い意志を示していた。達也に卑屈な一生を送らせたくなかった。そうすることが、愛情よりむしろ義務のように思われた。

父を失い、今また夫を奪われようとしている女の、最後の抵抗かも知れなかった。目標を見失って頭に空白が来た時の、自暴自棄な意欲とも言えた。

とにかく夏子は、この三日間は一睡もしなくてもいい、足が溶けてしまうほど歩いてもいいと思った。

「どうも、いろいろとお世話様でした」

夏子は立ち上った。

「お役に立ちません で。これからのことは御主人とも話し合った上で……」

岩島はオーバーの前を押さえながら、夏子の通路を作った。夏子と一緒に帰りたくないのだろう。夏子もその方がよかった。早く一人になりたいのだ。一人になった時に、一人で歩くことが出来そうな気がした。

「よろしくお願い致します。失礼します」

夏子はテーブルを離れた。

「奥さん……」

岩島の重い声がかかった。

「は？」

振り向くと、弁護士の曇った顔があった。

「あまり、無理をなさらん方がよろしいですよ」

「………」

夏子は会釈でこれに答えた。

レジスターの方へ曲がる通路の正面の壁に鏡があった。夏子の顔がそれに映った。頰の色が褪《あ》せている。自分でも見たことがなかった。険のある目だった。化粧気がないせいもあったが、急に老け込んだようである。

夏子はいままで、奥さんと呼ばれたことはなかった。しかし、今鏡にある顔は、さんざん苦労して、世帯窶《しょたいやつ》れに無感動になったという女のそれだった。

夏子は店を出た。寝呆けたような日射しの下を、統制のない雑踏が流れていた。

夏子は眩《まぶ》しそうに空を仰いだ。その日射しには太陽の匂いがあった。

残る三日間——七十二時間が、夏子の眼前に展開していた。それには、幅もなく距離もなかった。ただ、七十二時間後の一点が待っているだけだった。

夏子は、その一点を目指して歩き出した。日射しが舗道に夏子のそれを淡く投影した。

冷たそうな影だった。

第二章　裏面

1

四谷警察署の前にパトカーが二台、駐車していた。そのクリーム色と黒の車体が寒々と光って、夏子《なつこ》の目には陰気な配色に映った。

殊更《ことさら》繁華街でもないのに、歩道を流れる通行人の絶え間がなかった。これも年の暮れの現象だろうか。歩いている人々の感じは、多忙とも閑を持て余しているとも、どちらにでも受け取れた。

夏子は四谷署の脇《わき》を右へ折れた。東京地方統計局は、恰度《ちょうど》四谷署の裏手に位置していた。スマートさはないが、重量感のある建物だった。全館が黄色いレンガ造りで、関東大震災の直後に建てられたせいか、耐震用のふとい円柱が一階から四階までを、矢鱈《やたら》とぶち抜いている。

四角い建物である上に、正面入口がアングリと口をあいたように大きく、遠くから見ると蛮人が崇拝する邪教の巨像のようだった。

　夏子は懐しい気持で、この建物を眺めた。父の死の連絡を受けてここを飛び出して以来、夏子は一度も統計局へ顔を出していない。勿論《もちろん》、父の死に対して規定日数の公休が、夏子には与えられている。しかし、夏子は一年ぶりにこの建物を見るような気がした。それだけ、この建物の中での生活が、夏子に滲《にじ》み込んでいたのかも知れない。

　夏子が所属している課の連中や親しい同僚たちとは、父の告別式で顔を合わせている。だが、自分からこの建物の中へ入って行くとなると、また別の感慨があった。告別式の列席者たちは、儀礼的に夏子に顔を見せにくるだけである。一枚の名刺と変りはなかった。しかし、この建物の中で会う場合の同僚たちは、名刺ではなく生きている人間なのだ。心底から同情してくれなくとも、冷ややかな目で夏子を迎えるようなことはしないだろう。特に、達也の犯行ではないという夏子の言い分には文句なく同調してくれる、という期待が大きかった。

　夏子は、達也に対する役所の処分を早急に行わないでくれと頼んでみるつもりだった。この夏子の要望は受け入れられるという自信があった。役所のセクト主義が、こういう時には倖《さいわ》いする。局員である達也を、出来るだけ庇《かば》ってくれるに違いない。それに、達也の素行や性格が札つきの悪《わる》とされていたならば別だが、彼が妻の父を殺したという疑いには、ナンセンスだとゲラゲラ笑った局員もいたくらいだった。役所としては事の成り行きを見て処分を考える、という態度をとってくれるだろう。

このことによって、夏子には余裕が出来る。それは、達也の無実立証の時間を稼げるという意味ではなく、そうすべく夏子の精神的な支えになるのだ。

夏子が事実を確かめようとするのは、職務や意欲からのものではない。達也が犯罪者であるかないかは、夏子の生活に直結する。そこには、女としての夏子の現実性があるのだ。

統計局の正面玄関を入ると、まず受付の女たちの目が夏子を追って来た。有名人を振り返るような、無遠慮な視線だった。

夏子は初めて、もの好きな局員たちの視線を浴びるであろうことに気がついた。夏子はなるたけ顔を伏せて歩くことにした。今は午後三時前で勤務時間中であることが、せめてもの救いだった。廊下に人影がなく、たまにすれ違う局員も廊下の暗さに夏子だと気づかないようである。

夏子は、人事課の庶務係の部屋へ行った。そこに人事課長の席がある。夏子はドアを細目に押し開いて、目立たないように身体を滑り込ませた。嗅《か》ぎ馴《な》れたこの部屋の匂《にお》いが漂っている。

人事課長は席で、顔の前に新聞をひろげていた。その肩越しに、窓の外の煙突が見えている。スチームのボイラーの煙突で、黒ずんだ煙りが斜めに流れて出ていた。

夏子は足音を忍ばせて、課長席に近づいた。それに気がついて庶務係の職員たちが一斉に顔を上げた時は、夏子は彼等には背を向けて課長の前に立っていた。

課長は新聞をひろげていた手を下げて、唖然《あぜん》とした表情で夏子を見上げた。まるで夏子の顔を忘れてしまったように、しばらくはそうしていた。

「どうも、この度は……」

夏子が頭を下げると、

「よう……」

初めて課長は声を発した。それも、何かわざとらしい感じの挨拶《あいさつ》だった。夏子は、課長にあまり歓迎されてないような気がした。この統計局には既に自分が入り込む余地がないのかも知れない、と夏子は思った。いつの間にか統計局とは無縁の人間になっている——夏子には、そんな直感があった。

「とにかく、お坐《すわ》りなさい」

人事課長は回転椅子《いす》の向きを変えて、来客用の白いソファを指さした。

夏子は緩慢な動作でソファに腰を落とした。

「はあ……」

「何かと大変だったでしょう。あなたも痩《や》せたな」

課長は七分通り白くなった髪の毛に手をやった。

「いろいろと御迷惑をおかけしました」

「いや、勤めの方は心配しなくてもいいんだが……今日は？　まだ休暇が残っているでしょう」

「はい。実はあのう……お願いがあって……」

「ぼくに？」

「お力添えをお願いしたいんです」

夏子は目を上げて、課長を直視した。

「木塚が起訴されそうなんです」

「うん……」

課長は手にしていた新聞をクルクルと筒にした。考え込むような目をしているが、それは一種の演技のようなものだった。困惑を表面には出さずに、もっともらしい顔つきをして見せる。及びもつかない金額の借金を申し込まれ、それを言下に断りきれない見栄がある顔だった。

「でも絶対に木塚は無実なんです。ですから事態が進展するまで、役所はもう少し木塚の処分を待って頂きたいと思って……」

とは言ったが、夏子の胸には早くも失望が生じていた。

「木塚君のことねえ……」

課長は筒に巻いた新聞を瞶《みつ》めた。

「難かしい問題になってしまったんだがね。何しろ、新聞にも大々的に報道されたし……一昨日、局長が本庁から呼び出しを受けたんだよ」

本庁とは統計庁のことである。統計庁としても達也のことを黙視しているわけには行かなくなったのだろう。そこで、達也の直属監督であり任命権者でもある東京地方統計局長を呼んで、処分に関する指示を与えたに違いない。達也の処分問題は、夏子の予想よりもはるかに先へ波及していた。

「それで昨日は、一日中会議が続いてね。そのことで……」

さも疲れたというように、課長は首筋を叩《たた》いて見せた。夏子は、課長全員が招集されて開かれる局議というものが、ロクに発言もなく非常にダラダラと続けられることを知っていた。昨日の局議も、その例に洩《も》れないものだったろう。そして、最後の局長の一言が、反対意見もなく結論とされたのだ。

「それで、会議の結果は……？」

目の前が暗くなる思いで、夏子は訊《き》いた。

「つまり、本庁の要望もあって、木塚君の起訴が決定次第に……」

課長は語尾を口の中で消した。

夏子は凝固したように動かなかった。放心したような目も、膝《ひざ》の上に組み合わせた指も、死んでいた。沈黙が空気を固体化したようだった。

「ぼくは、依願免職という形をとったらどうかと意見を述べたのだが、本庁ではあくまで懲戒免職に固執しているというので、ぼくの意見は通らなかった」

言い訳するように、課長はそう付け加えた。依願と懲戒では、同じ免職でも大きな差がある。懲戒免職は一つの前歴として、将来にも影響する。それに退職金は全く支給されないのだ。

しかし、夏子にしてみれば、そのどちらでも同じようなものだった。例え依願免職の形をとっても、そうなった原因が達也の一生について回るだろう。そんなことよりも、達也が既に追放される人間になっていたのが、夏子には強い打撃だった。

夏子の考え方は甘かった。というよりも、自分の勤め先の人間や機構に甘え過ぎていたのだ。親近感がそうさせたのだろう。家族の者だったら必ず自分の味方をしてくれる、という考えと同じであった。

しかし、統計局は一刻も早く木塚を厄介払いにしようとしていたのだ。木塚を馘《くび》にすることによって、官庁としてのメンツを保とうとする。犯罪者とは無関係だと世間に示して、同時に一切の責任はなかったということを強調する。

だが、これが職務上の失態だったらどうだろうか。木塚の処分をこうも急がないに違いない。木塚の事故は、課長、局長の責任問題になる。木塚を処分すれば、課長や局長が自らの手落ちを認めることになるのだ。隠蔽《いんぺい》するために、恐らく処分の引き延ばしを打っただろう。

夏子はそんなことを考えていた。だが、考えてみただけだった。それを課長にぶつける気力はなかった。

「しかし、そのことはあんた自身には影響のないことだがね」

課長は新聞紙の筒で掌を叩いた。

達也が懲戒免職になっても、夏子は今まで通りに勤めていいのだ。という意味らしかった。そんなことは当り前である。公務員は自分自身に責任がない限り、引責辞職する必要がないのだ。夫と妻であっても、公務員としてはあくまで別個の存在である。殊更らしく課長に指摘されなくても、分かりきったことだった。

しかし、それは理窟《りくつ》の上でのことである。現実には、夏子もこの職場を失うことになるだろう。犯罪者として懲戒免職になった男の妻が、同じ職場に平然と勤めていられるだろうか。周囲の目を無視して人間は生きて行けない。夏子も既に、辞職する覚悟を固めていた。今後のことを考えている余裕はない。ただ、この職場にはいられないという気持だった。

「でも、あたくし……」

夏子は課長の目を瞶《みつ》めた。

「木塚がそうなるのでしたら、あたくしもいずれ辞職届を出します」

「だが、そんなことをしたら、今後困るだろう。よく考えてから結論を出した方がいいんだが……」

課長は眉《まゆ》をひそめた。勿論、本気で慰留するつもりはないのだ。夏子がここにいたたまれないだろうことは、課長にも察しがついている。課長は、形式だけの義務感から、そう言ってみたのだろう。

「あたくし、失礼します」

夏子は立ち上った。

「そうかね」

ホッとして弛《ゆる》ませた口許を、課長は慌てて引き締めた。

夏子は熱っぽくだるい膝に精一杯力をこめて、姿勢を崩さずにドアへ向かって歩いた。見送っている同僚たちが、顔馴染みの人間とは思えなかった。むしろ敵意さえ感じた。何の情も通じない無縁の人々だった。

廊下を歩きながら、夏子の脳裡に忘年会の情景や局内リクリエイション大会でバレーボールをしている自分の姿が点滅した。

遠い思い出のような気がした。

階段の途中で、

「木塚さん」

と声をかけられて夏子は足をとめた。

後から階段を駈《か》けおりてくる靴音がして、背の高い青年が夏子の前へ回って来た。

「長谷川ですよ」

青年は言った。長谷川は全統計労組東京地方局支部の書記長だった。

「木塚君はその後、どうなんです？」

長谷川は心配そうに声をひそめた。

夏子は漠然とではあったが、安堵《あんど》のようなものを覚えた。困ったことがあったら、どんなことでも組合に相談して下さい。組合はみなさんの真の味方です——と、毎日のようにくり返されていた組合のＰＲを思い出したからである。組合が力になってくれるかも知れない、と夏子は咄嗟《とっさ》に期待を持った。

「三日後には起訴されるらしいですわ」

「起訴？」

驚いたように長谷川は口をあけた。

「ええ」

「やっぱり、木塚君の容疑は濃厚なんですか？」

「あたくしはそう思いません。木塚は無実です。ただ、木塚に不利なデーターばかりが揃《そろ》っているんです」

「そりゃ、奥さんの気持は分かります」

「役所は木塚を懲戒免職にするんですって。ずいぶん一方的で冷酷だと思いますわ」

「官僚主義というやつですよ」

「木塚という一人の人間が、この先どうなろうと知ったことではないっていうんですね。ハンコを押すのと同じような気持で、木塚の処分を決めたんだわ。長谷川さん、このことを組合に相談してもいいでしょうか?」

「え? ええ……」

長谷川は夏子の目を避けて、どっちつかずの返事をした。その目つきの弱々しさは、困惑に違いなかった。

「どうでしょう?」

夏子は重ねて訊いた。二つ返事で長谷川が引き受けてくれないのが、夏子には瞬間的に得心《とくしん》出来なかった。

「ええ、そりゃあ別に相談していけないっていうことはありませんが……」

横を向いたまま、長谷川は言った。

「組合として、お役に立てるような問題じゃありませんからね」

「相談しても無駄なんですか?」

長谷川が迷惑がっていることを、夏子はようやく悟った。思わず、夏子は声を張ってしまっていた。

「無駄とは言いきれませんが、何しろ組合にも出来ることと出来ないことがありますから……」

「だって、組合は困ったことがあったら何でも相談しろって言うじゃありませんか」

「それは無茶な言いがかりだ」

長谷川は表情を固くした。

「言いがかりですって？」

「そうじゃないですか。常識から考えても、組合が相談しろというのは、組合員としての立場上困ったこと、を指して言っているって分かるでしょう」

「組合員として、あたくしお願いしているんです」

「しかし、死んだ者を生きかえらしてくれないかと組合に相談を持ち込む人はいませんよ」

「木塚は死人も同然だというんですか？」

「いや、そういう相談と同じようなものだと言ってるんです。組合員が不当な処分を受けたというなら、組合は総力をあげて闘いますよ。しかし木塚君の問題は……」

「懲戒免職は当然だというわけですか？」

「何しろ破廉恥罪の刑事事件ですからね」

「木塚は容疑者なんです。犯人ではありません」

「その点は警察の判断に任せるより仕方がないでしょう。その結果が出ないうちに、われわれがとやかく騒ぐわけには行かないじゃないですか」

「騒いでくれなんて頼んでいません。役所の処分をもう少し待ってくれるように交渉して欲しいと言ってるんです」

「まあ、執行委員会で検討してみましょう」

持て余したというように、長谷川は大きく肩をおとした。

検討する——岩島弁護士も、そんなようなことを言った、と夏子は思い出した。やはり組合も、逃げようとしている証拠だった。

普段は組合員に丁重な組合役員も、間もなくこの職場を去って行く夏子だと察したとたんに、こうも冷たくなるものだろうか。

以前の闘争で組合役員の一部が処分された時は、処分撤回要求のために組合員は総動員された。夏子も連日、炎天下を統計庁までデモ行進させられたものである。

だが、木塚のことを組合は救ってくれようともしない。無理とは分かっても、努力ぐらいはしてもらいたかった。恐らく、十のうち九まではここの職員として復帰出来ないだろう木塚のためには、何をするにも熱がないのに違いない。

世間というものは、警察を信用しないと言いたがる。そのくせ、犯罪の容疑者として警察に逮捕された人間を犯人と決めてかかる。そして、その人間の身内の者までを、汚物のように厭《いと》う。進歩的であるはずの組合役員までがそうなのだ。

「結構ですわ。お願いは致しません」

夏子は静かに言って、ゆっくりと階段をおり始めた。怒りも憎しみもなかった。虚脱感に似た諦《あきら》めがあるだけだった。自分の力のない靴音が夏子の胸に響いた。

局を出ると、風が頰《ほお》に冷たかった。気候のせいばかりではない、夏子の身体の芯《しん》から寒さがひろがって行くようだった。

夏子は全ての人から見捨てられたような気がした。弁護士、統計局、そして組合、誰《だれ》もが夏子に背を向けている。それは、無人島にいるような孤独感ではなかった。言葉も通じない外国の、大都会の雑踏の中にいるような孤独感だった。

《どうしたら達也を救えるか》

通りへ向かって歩きながら、夏子はそのことばかりを考えていた。

達也が無実である決定的な証拠を見つけ出すことが、最も確実な方法である。しかし、それは困難なことだった。警察が綿密な捜査をしているはずだ。今更夏子が躍起になって探し回っても、新事実を発見することは不可能だろう。

現に、警察の捜査や取り調べの結果に、達也に不利なことばかりが表われているではないか。

父の遺品の中にあった達也のクシ。

同じ遺品の一つであるカメラのケースから検出された達也の指紋。

大洗の父へ電話をかけた場所である『ニュー渋谷』に、姿を現わしている達也。

達也の出鱈目《でたらめ》なアリバイ主張。

これらを一挙に無価値なものにさせるほど強力な新証拠を得ることは、まず望めない。

すると、ほかに手段はないものだろうか。夏子は、ぼんやり四谷警察の前あたりから道路を横断した。疾走して来たトラックが、ブレーキをかけながら夏子のすぐ後を通り過ぎた。

「馬鹿野郎《ばかやろう》!」

トラックの運転台から凄《すご》い形相の男の顔が突き出た。罵声《ばせい》は、半ば尾を引くように遠去かった。道路を渡りきった夏子を、通りがかりの者がジロジロと眺め回した。もう少しで轢《ひ》かれそうになったのに何も感じていないような顔をしている夏子が、はたから見ていれば不思議なのだろう。

夏子は危くぶつかりそうになったトラックのことなど、全く意に介していなかった。夏子には、水面にひょっこり顔を出したような思いつきがあったのである。達也が起訴されることを防ぐ、たった一つの手段だった。

《父の死が自殺だったことにする……》

つまり、父に自殺する原因さえあれば、達也は救われるのである。調べてみれば、そのような原因らしいものを発見出来るかも知れない。南光夫から聞いた、例の誠心館出版部の供応問題もある。もし、世間が納得するだけの原因があれば、父の死を自殺とすることも出来るだろう。父の死も状況から言えば、他殺とも自殺ともとれるのだ。ただ父には自殺するだけの原因がないということで、他殺説が強まったのである。

父は多分殺されたのだろう。それを強いて自殺にしてしまおうというのは、父に対して悪いような気がする。しかし、今はそうするより仕方がないのだ。こうなったら夏子にとって最も重要なことは、真相を知るよりも達也を救うことだった。

夏子は、向かうべき方向を決めた。幾らかでも気持が楽になったようだ。夏子はタクシーを停めた。

「神田の三崎町」

乗り込むが早いか、夏子は運転手にそう告げた。

誠心館出版部は、神田三崎町にあった。

2

三階建てのビルが、鈍い日射しを受けて眠そうに根をおろしている感じだった。古ぼけた灰色の壁に、新刊書の広告の垂れ幕が幾本も下っている。それがハタハタと音をたてながら、三崎町の都電通りを見下していた。

『誠心館出版部』という木の看板が、最近作りなおしたものらしく、真新しかった。

夏子はビルの入口にある受付の前に立った。ビルの中は天井が低く、目が馴れるまでは洞穴の中にいるような暗さだった。

受付にはグレイの事務服をつけた若い女が一人いた。

「あのう……」

と、夏子は言いかけたが、水道橋のガードの上を通過する国電の轟音《ごうおん》に、その声はかき消された。

「は?」

受付の女は仕切り台の上へ乗り出して来た。

「あのう……」

夏子はもう一度言いなおした。

「あたくし、木塚と申す者ですけど、教科書出版の方にお目にかかりたいのですが……」

「ご用件は？」

電話へ手をのばしながら、受付の女は訊いた。

「お尋ねしたいことがあるのです」

「木塚さんですね？」

「ええ。世田谷第三小学校の木塚の娘が来たと言えば、分かると思いますが」

「少々お待ち下さい」

女は電話で、教科書出版部へ連絡したようだった。しばらく話し合っていたようだったが、女はおもむろに夏子の方へ視線を戻すと、

「営業部の津田《つだ》と藤代《ふじしろ》が参りますから、ここでお待ちになって頂きます」

と言った。

夏子は鮮かな反応に、少しばかり驚いていた。別に話すことはないと、門前ばらいを喰《く》わされる覚悟もしていた。それが、あっさりと面会に応じ、しかも二人が会おうというのだ。

夏子は、父と誠心館出版部の繋《つなが》りが、意外に重味のあるものなのだと解釈した。同時に、この話し合いに思わぬ結果が生ずるような予感がした。

廊下の奥から背広姿の二つの姿が現われて、足早に夏子に近づいて来た。一人は四十年

輩の小太りな男で、眼鏡《めがね》をかけていた。もう一人は三十を越えたばかりというところで、色の悪い顔に油っ気のない長髪がかかっている。

「木塚先生のお嬢さんですね？」

若い男の方がニコリともしないで声をかけて来た。

「はあ」

「参りましょう」

「どこへです？」

「筋向かいに喫茶店があるんです。そこでお話ししましょう」

それだけ言うと、二人の男はさっさとビルの外へ出て行った。

《緊張している……》

後を追いながら、夏子はそう思った。

笑みを浮かべて話をするゆとりも失っている。二人とも、ひどく急《せ》いているようだ。それに社内で会うことを避けて、わざわざ外の喫茶店へ行くというのも、異常だった。父のことに関する話は、密談しなければならないのだろうか。

夏子の気持には期待する反面、不安もあった。

都電通りを突っ切ると、『丸』とドアに白い文字が浮き出ている喫茶店があった。オレンジ色のドアの向こう側から外を見ていたドアガールが、待ち構えていたように三人を迎え入れた。暖房の熱気が、ムッと煽《あお》るように顔に触れる。昼間とは思えない暗さの店内には、煙草《たばこ》の煙りが縞《しま》模様のように幾筋も立ちのぼっていた。一人一人を確かめることは出来ないが、相当数の客が席を占めているらしい。この店の中に流れている音楽も、やはりクリスマス音楽だった。

二人の男は、左右の席を覗《のぞ》き込みながら、店の奥へ進んだ。結局、奥の壁際まで行かなければ空席はなかった。

「どうぞ……」

若い方の男が、壁際のボックスに坐るよう夏子に示した。

「はあ……」

夏子は横這《よこば》いに歩いて、席についた。

向かい側に二人の男が坐った。テーブルの上は、前の客が残して行った煙草の空箱やらコーヒーのカップやらで散らかっていた。

それを片付けに来たウエイトレスに、クリームソーダを三つ注文すると、若い方の男は年輩の男を、

「営業部第二課長の津田です」

と、夏子に紹介した。

「津田です」

営業部第二課長は、勿体ぶったような手つきで名刺を一枚抜きとると、夏子の前に置いた。続いて、若い方の男も名刺を差し出して、

「営業部の藤代です。よろしく」

といった。

「木塚夏子です」

夏子は、どちらへともなく会釈を返した。

「この度はどうも、とんだことで、ご愁傷様です」

津田が野太い声で言った。

夏子は二枚の名刺を手にしながら、小さく頷《うなず》いた。

「告別式には是非お伺いしようと思ったのですが、わたしたちがウロつくと、かえってご迷惑になるのではないかと、ご遠慮申し上げました」

津田の言葉は、言い訳のようには聞こえなかった。心からそう思っているという口ぶりだった。すると、父の告別式に彼等が姿を見せると迷惑になるというのはどうしたわけだろうか。裏返して考えれば、父と彼等の関係は公けに出来ないものだったということになる。やはり、父は彼等と不正な取り引きをしたのだろうか。

《これは迂闊《うかつ》に口はきけない》

と、夏子は思った。

まず、彼等に言いたいことを言わせるのだ。夏子は何もかも知っているような顔をして、それを聞く。そうすれば、父と誠心館出版部との関係が、ある程度分かるはずだった。

「しかし、責任だけは充分感じています」

津田は眼鏡の奥で、目をしばたたいた。

「何らかの形で、お嬢さんには償《つぐな》いをさせて頂きます。お嬢さんの方から訪ねて来られるまで、わたしどもが知らん顔をしていたと思われても仕方がありませんが、何しろ、今も申し上げましたように、お嬢さんとうちの社の関係を明らさまにしたくありませんし、時期がくるまで動かない方が賢明と考えましたので。それに、実はわたしどもの方も足許に火がついたようなものでしてね」

津田の表情は深刻だった。見ようによっては憔悴《しょうすい》しきった顔かも知れなかった。

何らかの形で償いをする。責任は充分感じている。——どうやら、父の死を指して津田は言っているようだ。では、父の死は事実自殺だったのだろうか。

「勿論、わたしどもは自分たちの行為を正しいとは思っておりません。しかし、察して頂きたいのは、激しい生存競争ということなんです」

津田は眼鏡をはずして、レンズをハンカチで丁寧に拭《ぬぐ》った。

「新指導要領によって、すっかり内容を変えた教科書の発行部数は、小学校一億三千万冊、中学校七千万冊、高校三千万冊、金額にして百五十億円なんです。それだけに教科書業界にとっては、まさに天王山ともいうべき商売なんですよ。売り込み競争はもの凄く、業者がつぎ込んだ宣伝費は数億円と言われ、一部には倒産した業者もあるくらいです」

「そういう話は父からも聞いておりました」

夏子はクリームソーダに浮かんでいるアイスクリームの円味を眺めた。

「噂によると、供応や接待、教科書研究会と称する会合、などが行われているらしい、と父が洩らしてました」

「わたしどもは、何もそういう手を使ったつもりはなかったんです。それで、木塚先生を赤坂の『つぼ半』へご招待した時も、われわれは教科書については一言も口にしなかったくらいです」

眼鏡をかけなおした津田は、思い出したように煙草をとり出した。

「でも、父にお会いになった目的は、教科書のことだったんでしょう?」

「それは、まあ……」

「そうでなければ、父とお会いになる必要なんかありませんものね」

「しかし、供応とか接待とか、別に取り引きするようなつもりはなかったんです。まあ、顔合わせというもので、お力添えを頂ければと思っただけですが……」

「それが取り引きというものでしょう?」

「でも、木塚先生の意志次第でした。先生が何もお力添えをして下さらなくても、わたしどもに不服はありませんでした」

「いいえ、あたくしには分かってますわ。父は教育関係者の間で、とても顔が広いんです。一部の人たちが、父は教育界の現役ボスだなんて蔭口《かげぐち》を言っていたくらいですわ。だから父を抱き込めば、人によっては大いに利益を得られるわけです。あなたの会社の狙《ねら》いも、そこにあったのではないんですか？」

「そうどうも、はっきりおっしゃられては……」

津田は煙草の煙りに目を細めて、渋面を作った。単刀直入な夏子の言い分を笑い飛ばしてしまうような余裕さえ、津田たちにはないらしい。

「それで、父はいつ頃《ごろ》、死を決意したのでしょう？」

夏子はカマをかけて、そう訊いた。

「さあ、はっきりは分かりませんが……」

と、津田は、君の方が詳しいだろうというように藤代を見やった。

「木塚先生から、困ったことになった、というお電話を頂いたのは四日の夕方です」

藤代が代って答えた。

四日と言えば、南光夫が教育委員会からの問い合わせに慌てて父のところへ相談に来た三日夜の翌日である。日の順序としては、一応符合しているようだった。

「ただ、困ったことになった、という連絡でしたの？」

「ええと……」

藤代は額を親指と薬指とではさみ込んだ。

「教育委員会へ、木塚校長と誠心館の間で教科書選定について不正取り引きがなされた、という電話密告があったそうで、えらいことになってしまった——。木塚先生はそうおっしゃられました」

「自殺するというようなこと、父の電話から察せられたでしょうか？」

「旅行に出るとはおっしゃられました。ぼくも、その方がいいとおすすめしました。東京にいらして、いろいろ雑音を耳にされると、先生のためによくないと思ったので」

「父はどっち方面へ旅行すると言いましたかしら？」

「伊豆の方へ行かれるとおっしゃいました。それで、大洗で先生が亡くなられたと聞いた時、ぼくは首をひねったんですが……」

「では、父が大洗にいるとは全然ご存知なかったんですね？」

「知りませんでした」

父は誠心館出版部の者にも、夏子に告げたのと同じように伊豆方面へ行くと言ったらしい。藤代という営業部員も、父が大洗にいるとは知らなかったという。すると、大洗の浜田屋旅館へ電話をかけたのは、誠心館の者ではなかったことになる。

「はっきり申し上げますけど……」

崩れかけたアイスクリームの表面を、夏子はストローでつっ突きながら言った。

「あなた方は、父の死を自殺とお考えですか？」

「は……？」

津田と藤代は顔を見合わせた。あたりが暗いせいか、二人の男の顔が妙に白く見えた。

「そうとは、考えませんが……」

津田が言い辛《づら》そうに口ごもった。

「でもさっき、責任は充分感じているとか、償いをするとか、おっしゃったじゃありませんか？」

「ええ。それは、少なくとも生前の木塚先生に大変ご迷惑をおかけしたことについて、申し上げたのですよ」

明らかに詭弁《きべん》であった。彼等は、父の死が自殺だと確信はしていない。しかし、自殺ではないかという恐怖は抱いているのだ。だが出来れば、そのことには触れたくないのだろう。父の死が自殺であろうと他殺であろうと、深く詮索《せんさく》されれば、教科書売り込み合戦に父を抱き込んだことが明るみに出るからだ。

彼等としては、今はただ事の成り行きを息を殺して静観するより仕方がないのだ。

「勿論、あたくしの夫が、父を殺した疑いで勾留《こうりゅう》されていることをご存知でしょうね？」

ふと、夏子はこの二人の男に憎しみを覚えた。同じ狡猾《こうかつ》さでも、それに積極性があれば愛嬌《あいきょう》も出てくる。しかし、彼等のように消極的な狡猾さは陰険な感じがするのだ。泥棒猫に対する腹立たしさと同じものを、彼等に感じた。

「はあ、知ってます」

痛いところを突かれて、さすがに苦しそうに藤代が目を伏せた。

「警察から、お宅の会社へ聞き込みが来ませんでした？」

「来ました。木塚先生との関係についてですが……」

「はっきり、おっしゃって下さったのですね？」

「いや……」

藤代はクリームソーダに出しかけた手を引っ込めた。

「黙っていらしたんですか？」

夏子は、声に力をこめた。そのために語尾が震えをおびて消えた。夏子の前で、二人の男は子供のように項垂《うなだ》れた。

「警察は、そのようなことについて何も質問しなかったのでしょうか？」

「いや……」

「質問されたんですね？」

「はあ……」

「じゃあ、それを否定したんですか？」

藤代は俯向《うつむ》いたまま黙り込んでいたが、津田の方が思いきったように顔を上げた。

「お嬢さん、お許し願いたいんです。別にそれが当然だというわけじゃありませんが、会社にとって著しく不利になるようなことを、刑事に喋《しゃべ》ってしまうというのは、なかなか出来るものじゃありません。ここで黙っていたら逃れられると思えば、誰でも口を噤《つぐ》みますよ。お嬢さんだって、ご自分が不利になると分かっていれば、嘘《うそ》をつかれることだってあるでしょう」

「そのために、一人の人間が罪人に仕立てられてもですか？」

「誰だって、他人より自分が可愛いですよ」

「では、父の死があたくしの夫の手によるものだとされるのを、あなた方は心待ちにしていられたのですね？」

「そんなことは考えておりませんよ、幾ら何でも……」

「でも、そうなれば、あなた方はきっとホッとされるでしょうね。分かりましたわ。責任を感じている、償いをしたい、というのはそのことなんですね」

この男たちの考え方も、統計局の人間のそれと同じものだ、と夏子は気づいた。人前では善良であることを装うが、誰も見ていなければ拾った財布をネコババするという人種なのだ。

「でも、あたくしが黙っているとでも思っていらっしゃいますか？」

夏子は胸の中の熱いものを抑えて、口調を柔らげた。

「いえ、そうは思っておりません。だから、こうして何もかもお話ししているんです」

津田は煙草の吸殻を、灰皿と間違えてクリームソーダの容器へ放り込んだ。ジュッという音に瞬間津田は戸惑ったようだったが、さも承知でやったというように次の煙草に火をつけた。

「あたくし、お願いがあるんです」

夏子は姿勢を正したまま、冷ややかに津田を眺めた。

「は、どんなことでしょうか？」

津田はテーブルの上に乗り出して来た。お願いがあると言うからには、夏子の気持が軟化した、と見てとったのだろう。

「あなた方は恐らく、父の名誉になることではないから、あたくしが進んで供応問題を警察へ持ち込まないだろうと、お考えだったんでしょう。でも、そうじゃないんです。夫の容疑はすぐ晴れるだろうと甘く見ていたために、今日まで何も言わなかったんです。ところが、夫の容疑は濃くなるばかりです。こうなれば、あたくしにとって、死んだ父よりも夫の方が大切になります。そこで、交換条件があるんです」

「交換条件？」

「夫を救うには、父の死が自殺だったと立証する以外に方法はありません。あたくしは、例の教科書売り込み合戦での供応問題については黙っています。ですから、藤代さんに父は自殺を決意していたという証人になって頂きたいのです」

「ぼくが……ですか？」

　藤代は緊張したようだった。意味もなくネクタイの結び目を締め上げた。

「そうですわ」

「どうして、そんな証人になれるんでしょうか？」

「警察には、誠心館と父は全く無関係だったと言ってあるんですか？」

「ええ。以前お世話になったことがある、という程度に答えてあります。木塚先生をお招きした『つぼ半』という料亭には一切を口留めしてありますから、そう言いきっても大丈夫だったんです」

「すると、供応に関することは、教育委員会へ知らせて来た電話密告だけが証拠なんでしょう？」

「そういうわけですね」

「それなら好都合ですわ。父は電話密告を苦にして自殺する気になったということで、すむでしょう？」

「しかし、自殺の原因にしては稀薄《きはく》すぎますよ」

「いいえ、父は責任感の強い性格でした。たとえ誤解であっても、世間から白眼視されるようなことには耐えられなかったでしょう。それに、このほかにも自殺の要因らしいものを作り上げますわ」

藤代も津田も、あきれたように顔の動きをとめた。彼等にとっては、実父の死を強引に自殺に作り上げようとする夏子の気持を、理解することは出来ないのだろう。

夏子も、自分の考え方が異常であることは承知していた。彼女のやろうとしていることは、死者に対する冒瀆《ぼうとく》かも知れなかった。しかも、その死者とは夏子自身の父親なのである。

だが、こうでもしなければ、現在の夏子には救いがないのだ。夏子は幾つでも、父の自殺の原因を作り上げるつもりだった。

正攻法では達也をとり戻すことが出来ない。だから、別の方法を用いるだけだ。異常な環境に置かれれば、人間の考え方も異常になる。言い換えるならば、現在の夏子の心境は、目的のためには手段を選ばずというところだった。

「すると、ぼくが木塚先生の自殺をほのめかした言葉を聞いたということにするのですか?」

藤代はいかにも不安そうだった。この非常識な計画に加担することが恐ろしいのだろう。騙《だま》す相手は官憲なのである。まかり間違えば、警察の追及を受けるかも知れないのだ。

「ええ。電話で父がはっきりそう言ったということにしておいて下さればいいのです」

「どうも、子供騙しの嘘のような気がして……。警察を相手にこんなことが通用しますか？」

「事実、教育委員会に密告電話があったのだし、あたくしも父の性格や何かの点で自殺することも考えられると主張しますから、大丈夫です。あなたはただ、父が電話で自殺するようなことを口にした、の一点張りで結構なんです」

「しかし……」

藤代は続けさまに首をひねった。その耳へ津田が口を寄せて、何ごとか囁《ささや》いた。多分、ここは夏子の要求に応じておけと詰め腹を切らせているのだろう。

藤代は、青白く尖《と》がった顎《あご》を渋々ながら縦に引いた。

「承知しました。しかし、念のために申し上げておきますが、あくまで教科書売り込み問題には関係なく、木塚先生は自殺をほのめかされた、ということにしますから」

「結構です」

三人の間に、一区切りついたというような雰囲気の緩和があった。困難な交渉がまとまって、さあ酒にしよう、という会合の切り替え時とは、こんな気分なのだろうと夏子は思った。

津田が改めて、コーヒーとケーキを三人分注文した。彼も、『つぼ半』での会合については他言しないという夏子の言葉に安堵《あんど》したのだろう。恐らく津田は今日まで、夏子の訪問を恐れながら待っていたのに違いない。

夏子はぼんやり店の入口を贖めていた。こんな時、ふっと煙草を吸ってみたい気になるものだ。夏子は生まれて初めてそう気がついたように、煙草の煙りはいい匂いだ、と思っていた。

ドアの外を、通行人や車、それに都電が行き交った。それはマンガ映画の背景みたいに、同じ情景が繰り返されているように見えた。ドアの色に染まって、何もかもがオレンジ色に見えるからだろうか。

これで一つの筋書が出来上った——と、夏子は胸で呟《つぶや》いた。

勿論、教科書売り込み合戦に誠心館出版部が父を抱き込もうとしたことは他言しないという約束を、夏子は守るつもりはなかった。

さっきは藤代も言ったが、ただ誤解されただけで父が自殺を決意したという主張は、警察に通用するはずがない。

身に覚えがないことを中傷されただけで、いちいち自殺していたら、人間は一人残らず自殺してしまうだろう。教育者だけに、父は中傷と闘うに違いない。

夏子は全てを洗いざらい警察でぶち撒《ま》ける意志でいた。赤坂の料亭『つぼ半』で、父が誠心館出版部から供応を受けたこと。それが教育委員会に密告されて、父宛《あ》てに問い合わせが来ていたこと。父はそれを苦にしていたこと。それらの点をうち明けて、更に父は誠心館出版部の藤代という営業部員に、自殺を匂わせるような電話をかけたことを付け加えるのだ。

　これで、父の自殺ということに真実味が加わるだろう。警察は誠心館出版部、教育委員会、料亭『つぼ半』を調べなおして、夏子の言うことが事実だったと確認する。もう子供騙しのデッチ上げではない。

　新聞には、

『実力者校長、教科書会社の供応を受け、それを苦に自殺か』

という記事が改めて載せられるかも知れない。父にとって、あまり名誉なことではないが、夏子はあえて目をつぶるつもりである。達也がそれでとり戻せるなら、後悔はないだろう。

　夏子の本心を知らない津田や藤代が気の毒だった。しかし、彼等にしても、事情が許す限り父の死を達也に押しつけて、口を拭っていようとしたのではないか。

《所詮《しょせん》、人間同士は騙し合い……》

　何となく心に咎《とが》めるものを打ち消すように、夏子はそう自分に言い聞かせた。

「ではこれで、失礼致しますから……」

　ケーキには手をつけずに、夏子は立ちかけた。

「そうですか……」

と、津田が真顔になって、背広の内ポケットを探った。

「実はこれ……そんな事情でお宅に参上出来ませんので、こんなところで失礼なんですが……」

津田はポケットから抜き出したものを、夏子の手許に置いて深々と一礼した。

御霊前――という文字が目に入ったが、その包みは反りかえったように、ふくらんでいた。包みの中身に相当な厚味があるからだった。それだけで、これが単なる香典ではないことを意味していた。口留め料というものが含まれているのだろう。

「こういうものを頂くほどのお付き合いではないと思いますわ」

夏子はあっさり辞退した。喋るつもりであるからには、口留め料を受取るわけには行かないのだ。

「そんなことをおっしゃられては困ります」

津田は当然受取るものと決め込んでいたらしい。狼狽《ろうばい》しながら、なおも夏子の手に包みを押しつけて来た。

「いいえ、失礼します」

逃げるように、夏子はボックスを飛び出した。津田の声が追ってくる前に、夏子は白っぽい闇《やみ》を迎えている師走の街を眼前にしていた。

しかし、夏子は彼等から聞き出すべき肝腎《かんじん》なことを忘れていたのである。

3

烏山の家へ帰って来たのは、六時半を少し回った頃だった。

夏子は風呂《ふろ》に入ろうと思いついた。考えてみると、この一週間、睡眠、食事、入浴と、人間らしい生活を全くしていなかった。睡眠と食事は、その欲求が湧《わ》かないのだから仕方がないが、身体の汚れはさすがに気になっていた。

このあたりには、まだガスが通じていない。炊事はプロパンガスを使うが、風呂は石炭で沸かさなければならなかった。

夏子は勝手口から出て、風呂場の沸かし口に首を突っ込むと、ねじった新聞紙に火をつけた。それから細く割った木片を投げ込み、火勢が強くなったところへ石炭をくべるのである。木の弾《は》ぜる音がして、吹き出す煙りの片面だけが赤く染まった。

夏子はゴーッという石炭の燃え盛る音を確かめてから、勝手口の前に佇《たたず》んで黒い空を見上げた。視界に、人間がいることを示すものは何一つなかった。音も聞こえず、灯も見えないのだ。煙突から流れ出て闇に吸い込まれて行く風呂場の煙りだけが、動いているものだった。

郊外というより、海の上にいるような感じであった。一人——という実感が強まるのである。寒さが、その感を倍加させた。

夏子は風呂が沸くまで、そこに立っていた。誰もいない家の中に入る気になれないのだ。姿のない父や達也の匂いだけを嗅いでいるのは堪まらなかった。

風呂が沸くと、夏子は戸締まりをすませてから服を脱いだ。ひどく痩せた、と思いながら夏子は自分の裸身を眺めた。湯舟につかると、余計体重が減ったように感じた。湯の中でユラユラと揺れている皮膚の色は、前よりも青味がかっていたが、腿《もも》の細さや肩甲骨の凹みに湯が溜《た》まりそうなのが、自分でも痛々しかった。

夏子は、ゆっくりと湯につかった。こうしている間だけは、何もかも忘れていられるような気がした。

今日一日で、人間の裏表というものを、いろいろと見て来た——と、そんなことを考えながら夏子はゴシゴシとスポンジを肌にあてた。

小一時間かかって、夏子は風呂から上った。以前であれば、湯上りとって！　と達也を呼ぶところだった。だが、今は誰を呼ぼうと来てくれる者はいない。そんなことを思い出すと、夏子は湯上りを使いながら泣けて来そうだった。

しかし、パジャマに着換えて二階へ上ったとたんに、夏子の感傷は消し飛んだ。壁にかけてある達也の丹前がそうさせたのである。感傷という過去に繋るものより、夏子にとって大切なのは『明日』であった。

父は自殺したのだという根拠を、もっと作り出さなければならない。それには、どうしたらいいのだろうか。空気中から食物を得るというわけには行かない。それなりの種がなければ、具体的な結実を望むことは出来ないのだ。

夏子は、部屋の中を見回した。あてがあるわけではなかった。目に触れるものから、何かを思いつこうというのだ。

テーブルの上に、オルゴールつきのシガレットケースが置いてある。夏子はそれを手にとって、中身をテーブルの上にあけた。中身は煙草ではない。大洗から帰って来た晩、この部屋の屑籠《くずかご》から発見した、引きちぎられた少女の写真だった。

結局、父の死に関連がありそうなものと言えば、この写真の断片ぐらいであった。

夏子はもう一度、写真をつなぎ合わせた。だが、写真はこの前見た通りのものだった。それは当然のことだが、夏子は見込みが狂ったように失望した。何か変ったところがないものか、と他愛ない空頼みをしていたのである。

しかし、夏子は自分が非常に簡単な観察を欠かしていることに、すぐ気づいた。

《写真の裏を見ていない……》

この種のスナップ写真は、よく裏側に撮影した日付けとか、誰々と共にとか、書き込むものである。そう言えば、写真をつなぎ合わせている時、裏返った一部の断片に字のようなものが書いてあったではないか。なぜそれを見逃していたのか——と、夏子は手早く、同じ位置を保たせたまま、センベイを裏返すように写真の断片をひっくり返した。

白いはずの写真の裏側は、大分黄色味がかっていた。少なくとも最近に撮った写真ではないと分かった。

やがて写真の断片は、一枚の白紙に変った。果してそこに、二行のペン字が書き流されていた。幼ない女文字であることは確かであった。恐らく、写真に写っている本人が書いたものに違いない。

夏子は目を寄せて、一字一字を吟味するように読んだ。

『中学一年の夏を迎えて。

　　久留米千里さんがお澄ましの図』

と、書いてあった。

ふざけ半分に書いたものなのだろう。自分のことを、久留米千里さん、とさんづけにしている——。そう思った瞬間に、

「あ！」

と、夏子は小さく叫んでいた。

《千里！》

父の遺品の一つであるカメラのケースに刻み込んであった名前も、『千里』だったではないか。

これは重大な発見であった。カメラのケースに刻まれてあった『千里』と、この写真の被写体である『久留米千里』とは、同一人物と見るべきだった。すると、『千里』という女は父の死にかなり太い糸で結びついているはずだった。

父は大洗へ出掛ける直前に、この女の写真を破り捨てている。しかも、大洗で死んだ父の遺品の中に、『千里』とケースに刻まれたカメラがあったのだ。

父の死亡と千里が全くの無関係だったとは言えないだろう。父は、死亡する前後に、この千里という女の外郭に二度も接触しているのである。

千里とは、幾つぐらいの女なのだろうか。写真の古さから考えて、これを数年前に撮ったものとするならば、中学一年プラスx年で、現在は年頃の女に成人しているはずだった。

年頃の娘と父——。つりあいのとれる取り合わせではなかった。しかし、男と女である以上は父と千里が男女関係を結んでいたとしても、決して不思議ではないのだ。夏子は、二人の間柄をそう考えるより仕方がないと思った。ほかに推測のしようがないのだ。

千里という女の名前を、父の口から聞いたことは一度もない。だから、父にとって特に義理のある女とか、深い縁故の者とかとは思えないのである。

単なる昔の教え子だったとしたら、その女の写真を破り捨てたり、彼女のものと思われるカメラを持って大洗へ行ったりはしないはずである。

年齢から言って、父と千里には親子ほどの隔りがある。しかし、千里が父の隠し子だったという解釈は飛躍しすぎた。

するど、千里との関係は男と女のそれだったということになる。それも、一時的な火遊びではなく、父の方は『愛する』という言葉で表現する気持でいたと考えられる。

日頃の性格や起居動作を知りつくしているだけに、その父に秘めたる愛人があったと思うと、夏子は妙な気分になった。酒を飲んでいなければ、厳格で頑固で気難し屋の父に、実は子供のような女があった——と想像しても、すぐにはピンと来なかった。

だが、それが事実だったとしても、夏子は驚きもしないし、父を軽蔑《けいべつ》するようなこともないだろうと思った。

父はまだ五十代だった。それに妻を失ってからはずっと独身であった。不能者でない限り、欲求のはけ口を必要としたのに決まっている。女がいない方が、むしろ不思議かも知れなかった。結婚して一年、夏子にもそのくらいの理解があった。

夏子は一応、千里を父の愛人として考えてみることにした。それを前提として、千里の存在と父の死を結ぶ糸を手繰《たぐ》ってみるのだ。

まず、父が愛人の写真を細かく破り捨てた原因は何かである。

父が千里に訣別《けつべつ》を告げたということは容易に想定出来る。

では、なぜ千里に訣別を告げなければならなかったか。周囲の事情がそうさせたのではないはずである。すると、二人の間に破綻《はたん》が生じたことになる。どういう破綻だったのだろうか。

千里に若い恋人が出来た？

父にとって千里が重荷になった？

《……！》

一瞬、脳裡《のうり》にひらめいた一つの仮定に、夏子は愕然《がくぜん》となった。それは充分あり得る仮定だった。自分で思いつきながら、夏子は自分で驚いていた。

男と女の結びつきによって必然的に生ずる結果――。それは千里の妊娠だった。

父の机の抽出しから見つけた『ニュー渋谷』のマッチに、『菅沼産婦人科』とメモされていた。これが、夏子にそういう連想を促《うなが》したのである。

夏子はパジャマの上からカーディガンを着込むと、二階から駈けおりた。玄関をあけて外へ出ると、湯上りの身体に冷たい風がしみ込むようだった。

夏子はのび上って、隣家の様子を窺《うかが》った。垣根代りの樹木の梢《こずえ》越しに灯がついている窓が見えた。

夏子はサンダルを鳴らして、小走りに八住家の玄関へ向かった。

ブザーのボタンを押すと、

「はあい！」

元気がいい主婦の礼美子《れみこ》の声が、はね返って来た。

「どなたです？」

玄関の鍵《かぎ》をはずしながら、礼美子は訊いている。

「夜分恐れ入りますが、夏子です」

夏子は答えた。

「あら、夏子さんなの……」

鍵をあける手の動きを早めたと見えて、玄関の戸がガタガタと音をたてた。

「今晩は」

戸があいて、いつもの福々しい礼美子の顔が覗いた。彼女も湯上りらしく、白っぽい寝巻の襟元からそんな匂いがして、顔が艶々《つやつや》と上気していた。

「いつもすみません」

「電話？」

「ええ。拝借したいんです」

「さあさ、どうぞ」

礼美子は夏子を招じ入れながら、

「ゆっくりしてらして頂戴《ちょうだい》。今夜、主人は出張で遅いのよ」

と、背中で言った。

夏子はこの家の中へ入ったとたん、家庭というものの温か味を感じていた。自分の家が北国なら、この家は温暖の地に建てられた別荘みたいであった。主人は出張で遅い——と言える礼美子は幸福だ、と夏子は羨《うらやま》しかった。

「ご主人のこと、どんなご様子だった？」

廊下を並んで歩きながら、礼美子が心配そうに尋ねて来た。今日、夏子は弁護士に会いに行くことを、礼美子に話してあったからだろう。

礼美子と彼女の夫だけが、温かい目で夏子を見守っていてくれるような気がした。告別式以来、あらゆる点で心を配り、面倒を見てくれる。うわべだけの慰め顔はしなかったが、それが当然というように夏子の相談相手になった。

「望みないんです」

夏子は礼美子が相手だけに、何のかけ値もなく卒直に言えた。

「やっぱり、ご主人が犯人だっていうわけなの？」

「状況がそうさせるんですって」

「でもねえ……。あの内気でおとなしいご主人が、人を殺すなんて……。それも義理のお父さんを」

「あたくし一人で、何とかするより仕方がないんです」

「何とかするって……。そんなこと出来るのかしら」

「やってみますわ」

「どういうふうに？」

「あたくし、いろいろと生前の父に関して調べているんです」

「そう。あたしも出来たら応援したいわ。夏子さん、足が冷えるからスリッパおはきなさいね」

と、礼美子は電話の前に夏子を残して、台所の方へ立ち去った。

夏子はまず電話帳を探した。分厚い電話帳が二冊あった。夏子は『東京23区職業別電話番号簿』と書いてある方を手にとった。

職業索引の『い』の項を調べて、医院のページを開いた。診療所を含む病院、二科以上併診の併科医、それにあとは内科以下獣医まで各専門医院と区別されている。

菅沼産婦人科医院というからには、病院の中の産婦人科、あるいは併科医院でなく、産婦人科専門の個人医院と見てよかった。

夏子は更にそのページを開いた。都の二十三区内に約九百五十軒もある産婦人科医院だから電話番号は足立区内から始まる二十三区別に分けられてあった。

しかし、菅沼という産婦人科医院がどこにあるかは分かっていない。従って、最初から一軒一軒、菅沼という名前をあたって行かなければならなかった。

「蕎麦《そば》搔《が》き作っていたの。召し上らない？」

礼美子が、蕎麦搔きの小丼と砂糖、それに醬油《しょうゆ》の小皿を載せたお盆を、電話の傍らにある台の上に置いた。彼女も小丼をかかえて、立ち喰いという恰好《かっこう》だった。

「どうも、ご馳走《ちそう》様……」

電話帳の上にかがみ込んだまま、夏子は言った。蕎麦搔きの甘いような匂いが鼻の先に漂ってくる。

「何を調べてらっしゃるの？」

上から覗き込んで礼美子は不思議そうに語尾をはね上げた。

「産婦人科医院の名前を調べているんです」

夏子は答えた。

「え？　夏子さん、あなた……！」

夏子が妊娠したとでも勘違いしたらしく、礼美子は重大だというように声をひそめた。

「いいえ、違いますわ」

微《かす》かに苦笑して、夏子は肩ごと首を振った。

「父が産婦人科医院の名前を書き残しているんです。それがどういう意味なのか、調べてみようと思って……」

「そう。じゃあ、あたしもお手伝いします」

礼美子は、もう一冊の『五十音別電話番号簿』に手をのばした。

「すみません」

「何という名前の産婦人科医院かしら？」

「菅沼です」

「菅沼……。ス、の項ね」

二人の女は、廊下のつきあたりの薄暗い電灯の下で、それぞれの電話帳に目を走らせ始めた。二十分ばかりの沈黙が続いた。紙の上を滑る指が、微かな音をたてるだけだった。

「ないわ」

礼美子の方が先に声を発した。

「菅沼という姓だけを見ても、産婦人科医とは分からないわ。職業が書いてあるのもあるし、書いてないのもあるんですもの」

「職業別の方にも見当らないわ」

夏子も顔を上げた。

「そのお医者さん、電話が引いてないんじゃないかしら？」

「でも、医院ともなれば、電話がないってことは考えられませんわ」

「じゃあ、やっぱり見落としているのね」

何しろ細かい活字の羅列である。見続けているうちに視覚が狂ってくる。見落とすこともあるだろう。

「電話帳を交換して、もう一度調べてみましょうよ」

礼美子が提案した。

「すみません。お願いします」

二人は電話帳を交換した。今度は五分とたたないうちに、

「あった！」

と、礼美子が叫んだ。

「やっぱり、あたくしが見落としていたんですね」

と言いながら、電話帳の一個所に据えられた礼美子の指先を、夏子は見た。

『菅沼産婦人科医院……品川区東戸越《とごし》二ノ八三』

という活字が、はっきりと認められた。

「恐らく、菅沼という産婦人科医院は、都の二十三区内に、これ一軒だと思うわ。あれだけ調べて、この菅沼産婦人科医院だけが見つかったんですもの」

礼美子が断言するように言った。

「そうですね。とにかく、ここへ電話をかけてみますわ」

夏子は電話帳にある番号を横目で見ながら、ダイヤルを回した。

呼び出しのベルが鳴り始めると、夏子は軽く目を閉じた。気を落ち着かせるためであった。何が入っているか分からない箱を開く時のような気持である。期待もあるし、半ば恐ろしいようでもあった。

《電話を切るなら今のうちだ》

と、胸にそんな囁きがあった。

傍《かたわ》らで、礼美子がわけも分からずに息を詰めている。夏子は胸を圧迫されているような息苦しさを覚えた。

呼び出しのベルが杜絶《とだ》えて、

「もしもし……」

と、若い女の声が出た時には、夏子はどうにでもなれという気持になっていた。

「菅沼産婦人科ですが」

若い女の声は、医師の家族の者のようであった。看護婦のように事務的な口調ではなかったからだ。テレビの声らしい対話が聞こえている。医院は家族団欒《だんらん》の時間を過しているのだろう。

「あのう、先生いらっしゃるでしょうか?」

夏子は咳《せき》ばらいを一つしてから訊いた。

「はい。おりますけど……急患ですか?」

女の声が答えた。

「いいえ、あの、先生にお世話になった患者の勤め先の者なんですけど」

夏子は咄嗟《とっさ》に嘘をついた。夏子の推測が全く見当はずれで、千里が菅沼産婦人科医院とは何の関係もなかったとしたら、その時はその時だった。適当に誤魔化して電話を切ってしまえばいい。

「どんなご用件で?」

「ちょっとお尋ねしたいことがございまして……」

「少々お待ち下さい」

受送器を置く音がコトンとして、遠くで『お父様ア!』という声が聞こえた。やはり、電話に出た女は菅沼医師の娘らしかった。

しばらく間をおいてから、電話に男の声が出た。

「はい……」

もしもしとは言わずに、電話に出た声はそれだけを言った。静かな口調だったが、むしろ医師としての貫禄《かんろく》を示しているように受け取れた。

「夜分、お電話で大変失礼なんですが……」

「その患者というのは誰なんです?」

娘が、患者の勤め先の人から電話だと伝えたのだろう。菅沼医師は早く用件を言えというように、夏子の挨拶を遮《さえぎ》った。

「先生に診察をお願いした久留米千里のことなんですが」

「妊婦ですか?」

「はい」

「久留米千里ね……。ちょっと待って下さいよ」

受送器を投げ出したのか、今度はガンッという音が耳に痛かった。だが、言葉つきや動作は乱暴だが、菅沼医師は案外親切なようだった。恐らく、久留米千里というカルテを探しに診察室まで行ってくれたのだろう。

「はい」

再び電話に出た時も、菅沼医師はそう声をかけて来た。

「久留米千里、二十一歳、この人のことですね？」

カルテを見ながら言ったらしく、菅沼医師の声は少し受送器から離れたところでした。

「ございましたか……？」

あるのが当然というふりをしなければならないのだ、と夏子は上ずった声を懸命に抑えた。しかし、予測の的中が、夏子を興奮させがちであった。

「先月の十八日に初診。妊娠三ヵ月でした」

医師は夏子の興奮などに頓着《とんちゃく》なく、淡々と続けた。

「それっきり、診察に来ていませんね」

「あのう……お腹の子の父親は分かっておりませんでしょうか？」

「さあ、妊娠中絶の場合には父親の名前を聞きますし、その承認も必要ですがね。ただ一度だけ診察を頼みに来たんでは、父親の名前まで……」

「久留米千里の住所はどこになっているでしょうか？」

勤め先の者がこんなことを訊くのはおかしいと思ったが、医師は全く無関心らしく、

「品川区東戸越一の五、戸越アパート内、となってますね」

すらすらとそう答えた。そして、菅沼医師は笑いかけるような声で、

「何か困ったことでも起りましたか？」

と、言った。

「いいえ、困ったことというような、そんな……」

適当な言葉が思い浮かばず、夏子はしどろもどろになった。

「あなたは、クラブ『ハイライト』のマダムなんですか？」

医師は重ねて訊いて来た。

「は？」

夏子は聞き返した。唐突《とうとつ》な質問であった。質問の意味さえ、夏子には通じなかった。

「だってあなたは、この久留米っていう人の勤め先の者だと言ったでしょう？」

「はあ、そうなんです」

「この久留米千里という人は、クラブ『ハイライト』のホステスだから……」

「あ、そういうお尋ねでしたか。いいえ。あたくしマダムじゃありません。そのう、千里

さんの同僚なんです」

「そうですか。じゃ、これで用件はすんだんですね？」

「はあ、はい、どうもいろいろと有難うございました」

と、夏子は夢中で電話を切った。嘘をつく時の緊張感が、これほど全身の負担になるものとは知らなかった。肩を柔らげると、重い吐息が長く続いた。

同時に、たった今菅沼医師が口にした言葉を思い返して、夏子はハッとなった。

《千里は、クラブ『ハイライト』のホステス……》

父の机の抽出しには、『ニュー渋谷』のマッチとともに、クラブ『ハイライト』のマッチも何個かあった。父がクラブ『ハイライト』の常連だったのは、そこのホステスに千里がいたからではないか。

千里が水商売の女だったとは、夏子も考えていなかった。あの少女の写真が、水商売の女とはあまりにもかけ離れている感じだったせいもある。

しかし、考えてみれば、父の相手の女がクラブ『ハイライト』のホステスだったことの方が当を得ているような気がした。

父ぐらいの年輩の男と、二十一歳の女が、ごく自然に恋愛関係に落ち入ることは稀である。皆無と言ってもいいくらいだろう。

だが、クラブやキャバレーでなら、父がその店のホステスと結ばれる機会は幾らでもあるはずだった。

父が千里の中学時代の写真などを持っていたからには、彼女は父のかつての教え子だったに違いない。父は、クラブ『ハイライト』へ行ったおりに、ホステスになっている千里と再会したのだろう。

千里も、少女時代の恩師という親密感から、他の客とは違う扱いをする。父はすっかり成熟して女になりきった昔の教え子に戸惑いながらも、やはりほかのホステスには感じない心安さを覚える。

勢い、父はクラブ『ハイライト』に通い、千里ばかりを指名するようになる。千里も親身になってサービスする。いつかは二人の間に恋愛感情が芽生える。そして千里が、父の子を身ごもる——。

と、ここまでは推測が成り立つのである。しかし、そのことが二人の間にどういう形で軋轢《あつれき》となり、父の死亡へ接続したのだろうか。

「一体どうしたわけなの？　夏子さん」

再び蕎麦掻きの小丼を手にして、礼美子が目を丸くした。

「ええ。父がある女と関係していたらしいのです」

夏子は、引き裂かれた千里の写真を発見したことから、菅沼産婦人科医院と結びつけて、父と千里が特別な関係にあったと推定した経緯を、礼美子に話して聞かせた。相手が礼美子だけに、少しも悪びれずに話すことが出来た。

「だけど、その久留米千里が妊娠していたことと、父が彼女の写真を破り捨てたことを、どう結びつけていいのか分からないのです」

結論的に、夏子はそう言った。

礼美子は蕎麦掻きの小丼を置き、チリ紙で唇を拭っていた。

「妊娠したら、女って尚更男から離れまいとするからな」

礼美子は蓮《はす》っ葉《ぱ》な言い方をした。

「そうでしょう。となると、父の方が千里を捨てたことになるわ」

「でも捨てた女の写真を、未練げに眺めたり破いたりしないと思うけど……。写真を破るなんてことは、その写真の主を諦めたという気持の表われじゃないかしら。つまり、捨てられたのは、夏子さんのお父様の方だと思うんだけどな」

「そうすると、千里は妊娠したのに、最も大切なお腹の子の父親を捨てたってことになりますわね」

「変ねえ」

礼美子は小首をかしげた。

女であるだけに、妊娠した女の気持は容易に想像がつく。妊娠した時の女にとって、心から頼れるのは胎児の父親である。特殊な事情がない限り、女はその男に縋《すが》りつこうとはしても、決して離れようとはしない。

ましてや、千里の方から進んで、父と離別しようとはしないはずだ。

「父は勿論、千里が妊娠しているのを知っていたはずです」

夏子は、右手で電話機の黒い肌を撫《な》でた。

「そして、千里から菅沼という産婦人科医に診察してもらったということも聞かされていたんです。ですから父は、その医院の名前をマッチのレッテルにメモしたんだと思うんです」

礼美子が言った。

「その千里という女の子は、子供を産むつもりだったのかしら？」

「だと思いますわ。菅沼産婦人科医の口ぶりから想像してですけど」

菅沼医師は、妊娠中絶などの場合は父親の名前を聞くと言っていた。千里の場合、父親の名前を聞かなかったという意味である。ということは、千里は診察のために菅沼医院へ来たのであって、妊娠中絶の依頼に来たのではないのである。

「その点が、どうも納得出来ないのよ」

礼美子は、つきつめたような目で夏子の顔を瞶《みつ》めた。

「一般的な解釈だけどね、千里という女の子が、本気で子供を産む気だったとは考えられないのよ。あなたのお父様が千里と正式に結婚する意志でいたなら別だけどね」

「さあ……。あたくしは父が千里と結婚するつもりだったとは思えませんわ」

父がたとえ、千里を熱愛していたとしても、結婚までは考えていなかったはずである。周囲の状態がそれを許さないのだ。千里がかつての父の教え子だったと仮定しても、まさか三十も年下で、自分の娘より若い女と結婚したら、世間の風評は父をよくは言わないだろう。教育者としての体面もある。三十も年下のキャバレーの女と結婚したとなると、小学校の校長という立場に影響する。それが罪とはならないが、非難はされるに違いない。

「あたしが千里だったら、子供は産まないわね」

礼美子はそう言いきった。

「考えてごらんなさい。相手の男との結婚は望めない。自分にはホステスという子持ちでは勤まらない職業がある。それでもあえて、子供を産もうとするかしら。女は子供を産みたがるわ。でも、それはそう出来る環境においてでよ。その点、女って現実的じゃないかしらね」

「そうですね」

礼美子の分析は当を得ていた。千里が自滅を覚悟してまで、子供を産もうとするような女とも思えない。

「だからね、お父様と千里との間に悶着《もんちゃく》があったとすれば、その原因は子供のことだと思うのよ」

そうかも知れない——と、夏子は頷いた。

父は千里との結婚を避けようとしていた。と言っても、父には千里を騙《だま》すつもりはなかった。それ相当の償《つぐな》いは、ほかの形でする気持だったのだろう。例えば、父はバラ園にすると言っていた土地を売って、その一部を千里に与えようと考えていたのではないか。だから今は、どんなに買い手が集まって来ても、バラ園にするという口実で売ろうとはしなかったのではないだろうか。

だが、千里の方はそれで満足せず、子供が出来たことを楯《たて》にとって父に結婚を迫ったとしたら、当然二人の間に悶着が生ずる。

「とにかく夏子さん、その千里という女に一度会ってみる必要があるわ」

礼美子がそうすすめた。

「ええ。明日にでも会ってみます」

「クラブ『ハイライト』っていうところに電話してごらんなさい。夜の商売だから、今頃その店にいるでしょう」

「そうですね」

夏子は電話帳をくって、クラブ『ハイライト』の電話番号を調べた。新橋にあるキャバレーだった。

父と情交のあった女と話すのは、妙な気持であった。それが自分よりも若い女だから尚更だった。身内の者に電話するような、それでいて敵意を感ずる者と話すような、複雑な感情が湧いた。

夏子はひどく緊張していた。受送器を握る手が小刻みに震えるのを感じて、それが分かった。

「クラブ『ハイライト』でございます」

ボーイらしい男が出て、そのバックを流れるバンド演奏が聞こえた。

「あの、そちらのホステスの方で、久留米千里さんという人、いらっしゃいますか？」

夏子は乾いた唇を動かした。

「久留米千里……？」

「ええ、本名ですが」

ボーイは考えていると見えて、短い間黙りこくっていたが、すぐ思いついて頓狂な声を出した。

「ああ、チー坊ですね。いや千春という名前で店に出ていた子ですが……」

「あのう、戸越の『戸越アパート』というところに住んでいる人なんです」

「そうですそうです。あの子なら先月の二十日頃、うちの店を辞《や》めましたよ」

「辞めた？」

「ええ。こういうところの女の子は、一つの店に長くは腰を落ち着けませんよ」

と、ボーイは当然だというように言った。

夏子は、ボートのオールを流してしまった時のように、瞬間的に狼狽した。追って来た人を見失ってしまったようなものだった。夏子の気持は、キョロキョロとあたりを見回していた。

「どこへ移ったか、訊いてごらんなさい」

傍らで、礼美子が囁いた。

夏子もそうだと気がついて、受送器にしがみついた。

「もしもし、それで千里さんはどこへ移られたか分からないでしょうか」

「ちょっとお待ち下さい」

ボーイは受送器を掌でおさえて、誰かと言葉を交しているらしい。押入れから洩《も》れてくるような話し声がボソボソと聞こえた。

「もしもし……」

再びボーイの声が出た。

「分かりましたでしょうか？」

よく聞こえるとは分かっているのに、夏子は耳をすませて返事を待った。

「ええ。渋谷の『ニュー渋谷』という大きなバーにいるそうですよ」

「ニュー渋谷……！」

夏子は半ば叫んでいた。

父は『ニュー渋谷』のマッチも沢山持っていた。そして、大洗の浜田屋旅館にかかった電話も、『ニュー渋谷』からかけたものだった。更に、久留米千里は、現在『ニュー渋谷』に勤めている。三度、『ニュー渋谷』が父の死に結びついた。事件の要《かなめ》は、『ニュー渋谷』にあるのではないか——。

そう言えば、菅沼産婦人科とメモされてあったマッチは、『ニュー渋谷』のものだった。恐らく、父は『ニュー渋谷』へ行った時、菅沼という産婦人科医に診察してもらったと、千里から聞かされたのに違いない。

「あたくし、千里という女に明日会ってみますわ」

礼美子と自分の両方に、夏子は言った。礼美子も頷《うなず》き、自分も頷いた。

この夜、夏子は一睡もしなかった。父のこと達也のこと、それにまだ見ない千里のことを考えた。

枕《まくら》を胸の下に入れ、俯伏せになって夏子はスタンドの赤い笠《かさ》と睨《にら》めっこをした。雪が降っているのではないかと思いたくなるような静寂の中で、夏子は夜の呼吸を聞き続けた。

やがて、窓の外が水色に変った。長く、そして短い夜だった。ゆっくりと起き上ると胸が痺《しび》れたように痛んだ。寒さを忘れて、夏子は洗面所へ行くと冷水で顔を洗った。

《千里……》

夏子は幾度も呟いた。

しかし、父に女がいるとは考えも及ばないことだった。我が子に限って、ということと同じようなものなのだろうか。近くにありすぎて目に入らないのだ。誠心館出版部の問題と言い、千里と言い、二十数年間夏子が見たことがなかった裏面が、父にはあったのである。

もし夏子の推測が全て事実だったとしたら、このことも、父の死は自殺だという主張に役立つはずだった。

誠心館出版部の教科書問題にまつわる不祥事、それにかつての教え子だった女との恋愛事件、この緊迫した事態に追い詰められて自殺した——と言えば、荒唐無稽《こうとうむけい》だときめつけられないものがある。世間には、このような自殺の原因が幾らでもあるだろう。

千里が証明者となることを拒否したら、金を出してもいいと夏子は思った。それによって達也が救われるかも知れないのだ。

あと二日間だけ残されている。夏子の一生にとっては、二日間など爪《つめ》の先で引いた線ぐらいの部分には違いない。だが、この二日間は残る何十年間の部分よりも、はるかに貴重な時間だと、夏子は思った。

水色の夜景はやがて、靄《もや》が立ちこめたような白っぽい色に変り、すぐクリーム色に塗りかえられた。

夏子は高圧線の鉄塔の真上に、光りを失った星の弱々しい瞬きを見た。淡く赤味のかかった空が、一足先に朝を迎えていた。

第三章　絶望

1

午前九時になるのを待って、夏子《なつこ》は家を出た。世田谷第三小学校へ行くためだった。千里に会う前に、彼女が父の教え子だったことを確認しておきたかった。世田谷第三小学校へ行けば、それが分かるはずである。父は、世田谷第三小学校に十年勤続していた。千里が父の教え子なら、卒業者名簿に名前が載っているわけである。

夏子は南光夫に相談するつもりだった。彼なら父と千里との関係をうちあけても、矢鱈《やたら》に公言することはないだろう。

黒のオーバーのバンドをしめつけ、ポケットに両手を突っ込んで歩く夏子は、青白い顔に苦悩が刻まれているだけに、どことなくエキゾチックな雰囲気を伴《ともな》っていた。寺町のバスの停留所まで行くと、三、四人の若い娘が珍しいものを見るような視線を集めてきた。

バスのくるのが、途方《とほう》もなく遅く感じた。気が急《せ》いているからだろう。一分一秒が貴重だった。時間は逆行しない。地球の回転をとめることが出来るものは、何一つとしてないのだ。

達也に対する取り調べは、この一秒間にも進捗《しんちょく》している。達也はそれだけ追い詰められる。そして起訴、懲戒免職、氷柱の中に押しこめられたような夏子の孤独。

バスが来た。夏子はいちばん先に乗り込んだ。世田谷第三小学校がある成城までは、約三十分かかる。夏子はシートに腰を下して、ゆるゆる走り去る窓外の風景を見やった。

バスは年老いた牛のように、車体をゆすってノロノロと進む。バスがやっとすれ違える程度の商店街の道を行くのだ。三輪トラックが一台でも駐車してようものなら、バスはもう通り抜けられない。前と後で、早く走れとほかの車が警笛を鳴らし続ける。三輪トラックの運転手が慌てて飛んでくると、少しずつ車体をずらしながら、やっとバスは難関を通過する。こんなことを幾度もくり返して、バスは祖師ケ谷大蔵を抜け、成城駅前につく。

夏子はバスを降りて、成城学園の方向へ足早に向かう。

世田谷第三小学校は木造建てで、校舎が『コ』の字型に運動場を囲んでいた。授業中と見えて、運動場に子供たちの姿はなかった。鉄棒のところに、赤ン坊を背負ったネンネコ姿の老婆が、ポツンと立っていた。

運動場が広く見えた。合唱している子供たちの歌声と、ハイ、ハイという手を上げて口々に叫ぶ甲高《かんだか》い声が、鈍い陽光を受けとめている運動場で交錯した。

夏子は、正門から入り、運動場を横切って正面玄関へ向かった。校舎の中へ入ると、鉛筆の芯《しん》とほこりの匂《にお》いをまぜたような臭気が鼻腔《びこう》をついた。廊下の左側に小使室があり、その向こうが給食室だった。白い帽子にエプロンという恰好《かっこう》の女が、給食室の中に二、三人いるようだった。

夏子は靴音をたてないようにしながら、板張りの廊下を歩いた。廊下の突き当りを右へ折れると、すぐ校長室、会議室、教員室と並んでいる。夏子はこの校長室へは五、六度来たことがあった。父に会うためだった。しかし、今はこの部屋の中にも父はいないのである。恐らく、見も知らない男が父の回転椅子《いす》に、偉そうにおさまっているのだろう。

夏子は背のびして、ガラス戸越しに教員室の中を覗《のぞ》いた。授業に出ているからだろう、どの席も空席だった。

入口の近くの席に、たった一人、女が坐《すわ》っていた。教師かどうかは分からないが、何かノートのようなものに定規で丹念に線を引いていた。俯向《うつむ》いている顔からの判断では、夏子の知らない女だった。新しく配置されてきた教員かも知れなかった。

夏子は好都合だと思った。この学校の教員の殆《ほとん》どは、夏子の顔を知っている。校長の娘でもあり、父の告別式には教員全員が参列しているからだった。夏子は、これらの教員には会いたくなかったのである。いろいろと話しかけてくるだろうし、それにいちいち応ずるのが面倒だったのだ。焦っている時に、形式ばった挨拶《あいさつ》をのべられることほど、腹立たしいものはない。

夏子は、この見知らぬ教員に、南光夫への伝言を頼むことにした。

ガラス戸を半開きにして、顔を入れると、

「恐れ入ります」

夏子はそう声をかけた。

「は？」

教員は顔を上げて、眼鏡を光らせた。

「南先生にお伝え願いたいのですが……」

夏子が言うと、教員は椅子をガタつかせて立ち上った。

「はい」

「授業からお帰りになったら、夏子が門のところで待っているから卒業生の名簿を持って来て欲しい、とお伝え願いたいのです」

「卒業生の名簿？」

教員は怪訝《けげん》そうに訊《き》きなおした。

「ええ」

「夏子さんですね？」

「そうです。お願い致します」

教員がどんな受け取り方をしたかは確かめずに、夏子は教員室の前を離れた。

校舎を出て正門まで歩く間に、夏子は二度ばかり軽い眩暈《めまい》を覚えた。睡眠不足と胃袋に何も入っていないせいだろう。視界が黄色っぽくなり、風景に立体感がなくなった。空は澄みきっているのに、それが地下室の天井のように低く感ずるのだ。

正門のうす汚れたコンクリートの門柱に寄りかかって、夏子は目を閉じていることにした。何となく安定感がなくなった身体《からだ》には、コンクリートの固さが心地よかった。

疲労や苦痛の自覚はなかった。ただ、時間の経過だけが気になっていた。

遠くでベルが鳴り、扇を開くように広がってくる子供たちの歓声が、夏子に授業の切れ目を教えてくれた。いつの間にか運動場いっぱいに散った子供たちを、夏子はぼんやり眺めた。

飛び跳ねる子供たちの群れを縫って、南光夫が一直線に正門へ近づいてくるのが見えた。ネクタイの先の部分は、背広の肩の上にのっていた。彼が急ぎ足で来たことを、それが証明していた。

「どうしたんです。病人みたいな顔色じゃありませんか！」
四、五メートルも手前から、南光夫はそう声をかけて来た。
「卒業生の名簿、持って来てくれました？」

南光夫の言葉を無視したように、夏子は訊いた。

「ええ、持って来ましたが……藪《やぶ》から棒に、こんなものが何に必要なんです?」

南光夫は、よくある会員名簿のような小冊子を差し出した。かなり厚味はあったが、紙が褐色に変りかけていて、古ぼけたものである。表紙には、『世田谷第三小学校卒業者名簿』とあり、中央に校章と思われるマークが印刷されてあった。

「三年前までの卒業生が載っている名簿ですが、いいですか?」

と、南光夫は額に乱れた髪の毛をかき上げた。

「結構です」

夏子は受け取った名簿を、パラパラとめくってみた。第何回卒業生、何組、担任教師、と区別され、その区分に卒業生の名前がギッシリと羅列されてあった。

「やはり、お父さんが亡くなられたことに関係があるんですか?」

ついこの間まで、父を校長と言っていた南光夫も、今日はお父さんと表現した。父はもう校長ではないのだ。南光夫が校長と呼ぶべき男は、あの校長室にいる——と、夏子はそんなことを考えた。

「そうです……」

「お父さんが亡くなられたことと、この名簿にどんな関連があるんです?」

「ここだけの話ですけど……」

夏子は、校庭の柵《さく》沿いにある豪華な洋館の屋根に目を走らせた。

「父には、女があったらしいのです」

「女？」

「つまり、愛人です」

「え？」

「南さん、ご存知なかったですか？」

「とんでもない。全然知りませんよ」

「その女っていうのが、この学校の卒業生で父の教え子だったらしいのです」

「まさか……」

信じられないというように、南光夫は苦笑した。

「いいえ、間違いないようですわ」

夏子は表情を動かさなかった。南光夫が信じまいということは、予期していたのだ。

「それも、父の子供を……」

途中で夏子は言葉を濁した。はっきりとは言い辛いことだった。勿論《もちろん》、南光夫には意味が通じていた。今度は彼も黙っていた。叱《しか》られているように、地面を見下したっきり動かなかった。

「今日これから、あたくしその女に会ってみるんです」

「会って、どうするんです？」

南光夫は小声になって、訊いた。

「会っていけないという理由はないでしょう。もしかすると、あたくしの義母になったかも知れない女ですもの」

「その女は、一体幾つぐらいの女なんですか？」

「二十一だそうです」

「二十一か。すると……」

南光夫は腰に手をあてがって、考え込むというようなポーズをとったが、

「多分、十五回か十六回の卒業生ということになる」

と、言った。

夏子は、第十五回卒業のページをくった。一組から五組まである。まず、担任教師の名前を調べた。しかし、父の名前は見つからなかった。次に、第十六回卒業のページに移ったが、ここにも父の名前はなかった。

「十四回はどうです？」

南光夫が口を出した。夏子はその言葉に従って、第十四回卒業のページを調べた。見つけているせいか、父の名前はすぐ目に触れた。

「ありましたね。つまり、第十五回、十六回の卒業生を送り出した年には、お父さんが六

年生のクラスを受け持っていなかったわけですよ」

　南光夫はそう説明した。

『二組。担任木塚重四郎』

という文字を、二、三度読みかえしてから、夏子は卒業生の名前を指先で追った。前半が男子、後半が女子に分けられてあり、アイウエオ順に名前が並んでいた。

加山雅江、木島洋子、木下春子、君島久美子、久慈房子、熊倉マユミ、倉持久枝、久留米千里――。

　夏子は、名簿を閉じて南光夫に返した。

「いましたか？」

　彼は遠慮がちに言った。

　夏子は黙って頷《うなず》いた。何の感情もなかった。あるものが、あるべきところにあったという気持だった。あったということに、満足も不満も感じなかった。

「もう一つ、お願いがあるんです」

　夏子は艶《つや》を失った顎《あご》のあたりに、指をあてた。

「ぼくに出来ることでしたら……」

　南光夫は表情を引き締めた。

「今夜、お閑《ひま》でしょうか？」

「予定は別にありません」

「あたくしと一緒に、行って頂きたいところがあるんです」

「結構ですよ。しかし、どこへ行かれるんです?」

「『ニュー渋谷』というバーなんです」

「ほう……」

「あたくし一人では、入りにくいので……」

「分かりました。行きましょう」

「七時頃《ごろ》に、『ニュー渋谷』の前でお待ちしてます」

「承知しました」

「ではその時に。どうも、有難うございました」

機械人形のように夏子が歩きだすのと、校舎の方でベルが鳴り始めるのが同時だった。門を出たところで振り返ると、校庭の子供たちは校舎へ吸い込まれるように一斉に駈けだしていた。子供に両手をとられて歩いている南光夫の後姿が見えた。

夏子は、昨日からそうなってしまった機械的な歩き方で歩を運んだ。閑静な郊外の道路は、幅が広いわりに人や車の交通量が少なかった。成城駅前へ出るまでは、葉を失った裸木の並木通りが続いている。夏子は道路の真ン中を歩いた。並木の影が路上に、明暗の縞《しま》模様を作っていた。

久留米千里が父の教え子だったことは、はっきりした。夏子の想定は九分通り正確だと考えていいだろう。あとは千里と会って、父が自殺する根拠を具体化すればいい。岩島弁護士に連絡して、父の死は自殺だったと主張することも、今日の予定のうちに入っている。夜は『ニュー渋谷』へ行き、大洗の浜田屋旅館へ電話したのが達也ではなかったという証拠を探ってみるつもりだった。

夏子は小田急で登戸へ出た。ここで南武線に乗り換え、溝ノ口まで行き、さらに大井町線で戸越公園へ向かった。

戸越公園駅前の交番で尋ねると、戸越アパートはすぐ分かった。タクシー会社の営業所の裏手にある二階建てのアパートが、それだった。

素人家ふうの門から入り、一階の各室と、階段を上って二階の各室に通ずるようになっている。管理人などの目には触れずに出入り出来るようになっており、一戸建ての家と変りなく個人生活を営める造りだった。

これで、このアパートに住む人たちの職業が察せられた。誰《だれ》にはばかることなく、人を連れてくることが出来るし、それが夜半であろうと制限は受けないのだ。サラリーマンの夫婦などは勿論、住んでいない。夜が遅い水商売の女とか、二号さんが多いに違いなかった。

どの部屋の入口にも、女用の小型名刺が貼《は》ってある。まだ午前だというのに、マージャンパイをかきまぜる音と、女の嬌声《きょうせい》が洩《も》れて来た。どこかの部屋に、昨夜からの徹夜組がいるのだろう。

夏子は一階のいちばん奥の部屋の入口で、足をとめた。『久留米』と書いた紙が、牛乳の受け箱に貼ってあったからである。

夏子は落ち着いて、ブザーのボタンを押した。緊張や期待は、まるでなかった。こうすることが義務のような気がする。郵便を配達するのも同じような気持だった。

三度目のブザーが鳴った時、寝呆《ねぼ》けたような声で応答があった。部屋の中は、雨戸をしめきっているらしく暗いようだった。千里はまだ眠っていたのだろう。

「どなたア？」

ドアの向こう側で声がした。ご用聞きだったら即座に断ろうというつもりらしい。

「ごめん下さい。久留米千里さんにお話があって来た者ですが……」

夏子は義務的に答えた。

鍵《かぎ》をあける音がして、ドアが内側から開かれた。パジャマ姿の小柄な女が、左手でゴシゴシ目をこすっていた。その仕草が、女を幼い感じに見せた。

「千里さんですか？」

「ええ」

「あたくし、木塚夏子と申します」

「……!」

千里は、目をこすっていた手をとめて、驚いたように夏子を瞶《みつ》めた。すでに、夏子が何者か千里には通じたらしい。

「父が、いろいろとお世話になったようですわね」

皮肉ではなく、むしろ儀礼的に夏子は言った。

「どうぞお上りになって下さい。とり散らかしておりますけど……」

千里は目を伏せた。家にあった写真の面影が幾らか残っている。整ってはいるが、どこか茶目っぽい、愛くるしい顔だった。喉《のど》のあたりが、色白というより少女のように青味がかっていた。

「いいえ、ここで結構です」

夏子は後手にドアをしめた。

八畳あまりの板敷きの部屋に、その奥は六畳の畳の部屋だった。ベッドの上に寝具が乱れているし、昨夜の食べ残しらしい丼《どんぶり》類がテーブルの上に並んでいて、どうも落ち着いて向かい合える部屋の様子ではなかった。

「お話というのは……?」

千里はガウンを羽織って、上《あが》り框《がまち》にしゃがみ込んだ。彼女にしても、どうしても夏子を部屋へ招じ入れるという気持はなかったのだろう。

「女同士なんですから、あたくし、卒直に言いますけど……」

千里が置いた座ぶとんに、夏子は形だけ腰を下した。二人の女は、斜めに向かい合う恰好になった。

「はい……」

千里は不安そうな目で、チラッと夏子を一瞥《いちべつ》した。

「あなた……」

夏子の視線は、知らず知らずのうちに千里の腹部に向けられていた。

「あたくしの父の子供を……」

適当な言葉が見つからず、夏子は端的な言い方をした。千里はハッとしたように、目を宙に迷わせた。

「そうなんでしょう?」

「ええ……」

「それで、父はそのことを、どう言っていたのです?」

「校長さんは、反対でした」

「反対?」

「産むことにです」

「あなたは、産むつもりだったのですか?」

「そりゃあ……」

「では、父と結婚したいとでも？」

「出来れば、それが女の望むところですわ。でも、校長さんの立場もあるし、年が離れすぎていることも、それから、お嬢さんだっていらっしゃるんだし……。現実的には不可能なことでしたわ」

「諦《あきら》めていたっていうわけ？」

「九分通り……」

「それでも、赤ちゃんは産むつもりだったんですか？」

「ええ」

「だって、あなただって職業上、そんなことは無理だと分かっていたんでしょう？」

「でも、女ってお腹の中に自分の赤ン坊がいると知ったら……まず考えることは、その赤ン坊を現実に見て、この腕で抱いてみたいということですわ。それ以外のことは、二の次なんです。哀しい本能って言われるかも知れないけど……」

千里は、立てた膝《ひざ》に手を回した。そんな彼女の気持は、夏子にも想像がつく。彼女が気の毒でもあり、同情もしたかった。あるいは、千里のような一種の浮草稼業の女の方が、自分の子を産むということに憧憬《どうけい》し、執着も強いのかも知れなかった。

「こんなことを聞くのは何だけど……父とあなたの仲は、真剣なものだったんですか？」

「父は、あなたにどんな報酬を約束したんでしょう？」

「と、思ってます」

「報酬？」

「例えば、結婚しようとか……」

「そんな約束なんて、何もありません」

千里は怒ったように言った。

「校長さんと、クラブ『ハイライト』でお会いしたのは偶然でした。校長さんはあたしにとても親切にしてくれました。あたしは早くから両親を失くしてましたから、校長さんがお父さんのような気がして、つい甘えてしまったのです。初めのうちは、そんな間柄でした。でも、そのうちに……」

「どうして、あなた『ニュー渋谷』へお勤めを変えたの？」

「妊娠したって分かったからです。『ニュー渋谷』だったら、お客さんの相手をするだけで踊らなくてすむし、身体のために幾らかでもいいと思ったんです」

「それで、父は子供をどうしろって言ったんでしょう？」

「おろせって……」

「あなたは、うんとおっしゃらなかった？」

「あくまで、産むと言い張りました」

「父と言い合ったわけですね？」

「校長さんは、頭を下げてあたしに頼みましたわ。あたしは泣いて反対したんです」

「どこで、そんなことがあったんです？」

「渋谷道玄坂の『あかつき』という旅館でした。言い争っているところを、女中さんに見られてしまって……」

「あなた、父が大洗へ出掛けたことをご存知でした？」

「いいえ。あたしには何も言わなかったんです、校長さん」

「父の死をどう思います？」

「どうって？」

「自殺と思いませんか？」

「そう思います……」

千里は小さく言って、項垂《うなだ》れた。

「本当に自殺だと思います？」

「ええ」

「じゃあ、あなた、あたくしの夫が父を殺した容疑で逮捕されたことを知ってます？」

「新聞で読みました」

「あたくしの夫も、『ニュー渋谷』へは行ったことがあるらしいけど、あなたご存知？」

「ええ。校長さんと一緒にクラブ『ハイライト』にも見えたことがありますわ」

「あなたは、父の死が自殺だと思いながら、あたくしの夫が殺人容疑で逮捕されたことに異議を申し立てて下さらなかったのね？」

「すみません」

千里は一層、頭を深く垂れた。

「でも、何も校長さんが自殺するところを見たわけじゃないんだし……。人間って、求められもしないのに警察へいろいろとご注進に行くでしょうか？」

千里の言い訳はもっともであった。余程の確証を摑《つか》んでいない限り、自分の方から進んで警察へ意見を述べに行く者はいない。まして、自分に繋《つな》がりのある事件となれば、尚更尻《しり》込《ご》みするだろう。誠心館出版部の連中にしても似たり寄ったりだ。誰でも面倒には、かかわりたくないのである。

夏子も、これ以上千里をなじる気はなかった。仕方がないことなのだ。

「だけど、あなただって、父の死は自殺だったという解釈に、賛成してくれるぐらいの気持はおありでしょう？」

「ええ。あたしだって、何も校長さんは殺されたのだとする必要はないんですから」

「すると、あなたは父の自殺の原因を何だと考えます？」

「そりゃ、何もあたしのことだけが自殺の原因だったとは言いきれませんが……。やはり、あたしが子供を産むと言い張ったことで、校長さんはずいぶん苦しんだんじゃないでしょうか」

　千里の言うことだけでは、自殺の原因として少々弱いような気がする。

　校長という立場、かつての教え子、三十も年下のバーの女、妊娠させた――というような条件が揃《そろ》っていたとしても、その女が子供を産むと言い張ったために、自殺を計るとなれば、どうも迫真性に欠けている。

　もっとも、絶対にないと否定されることでもないのだ。世間には、声が悪いというだけで自殺する者もいる。要は、その思いつめようなのだ。

　子供を産む産まないということだけは、男にはどうにもならない。男が直接手を下すことも出来ず、人工流産を強制すれば法律に触れるだろう。しかも、日一日と胎児は成長して行く。自然の怒濤《どとう》のような進展である。この間の、子供を産ませたくない男の焦燥感というものは耐えきれない苦痛だろう。

　父は追いつめられ、どうにもならない破滅と思いつめた。それが、父を自殺に踏みきらせた。――そうなれば、一応は納得が行くだろう。

　それに、誠心館の供応問題を付け加えることが出来る。つまり、木塚重四郎は同時に、二つの醜行を曝露《ばくろ》される破目に追い込まれ、それが全く言い訳が通用しない不名誉な行跡であるところから、絶望し自殺を決意したということになる。

夏子は立ち上った。

「それで、あなたは今でも赤ちゃんを産むつもり？」

「福島に姉夫婦がいますから……」

千里は、深い眼差《まなざ》しで夏子を見上げた。

「姉に相談した上で、何とか産んでみたいと思ってます」

「そうですか。あたくしも落ち着いたら、お力になりたいわ」

自分よりは年下だが、自分の弟か妹を産もうとしているこの女を、眩《まぶ》しい気持で夏子は見下した。

2

渋谷駅前の公衆電話で電話帳を調べ、夏子は赤坂の料亭『つぼ半』と渋谷道玄坂にあるという旅館『あかつき』の所在地を見当つけた。

父は自殺であると、岩島弁護士の許へ問題を持ち込むには、一応それなりの裏付けをしておかなければならなかった。

それには、父が誠心館出版部の連中と会ったという料亭『つぼ半』と、父が千里と激しく言い争ったらしい旅館『あかつき』へ行って、事実を聞き込んでおく必要がある。

渋谷の繁華街も、お定りのクリスマス風景だった。大売出しの看板と、サンドウィッチマンがケバケバしい街の装いのアクセントである。ショウウインドウを覗き、店先の品物を手にとって見て、笑顔と笑顔が流れて行く。昼飯時で、食べもの屋への人の出入りが繁かった。

うなぎ、天ぷら、中華料理、と雑多な匂いが漂って、それが通行人たちを饒舌《じょうぜつ》にしていた。何を食べるかの品定めばかりではなく、食べものの匂いは人間を陽気にするものらしい。

夏子も確かに空腹だった。だが、店に入り何を食べるか考え、それを注文して口の中へ入れて消化する、という気力がないのだ。歩いているうちに、自然に空腹がみたされればいいと夏子は思った。

道玄坂の中程から左へ折れると、アパートふうの建物の屋根に、『あかつき』というネオンの骨組みが見えた。

あまり高級旅館とは思えなかった。場所がらから推しても、当然酔っぱらいが女を連れ込む温泉マークなのだろう。

竹垣で入口の部分が遮蔽《しゃへい》されているが、ドアは回転式だし、玄関には赤いジュウタンが敷きつめられて、安っぽくとも設備は完全洋式らしい。

夏子はドアを押した。いつの日か、千里を伴ってここへ来た父が、このドアに触れたのではないかと思うと、夏子は初めて嫌悪を感じた。あまり汚ならしいとは思わなかった父の情事も、こうして直接肌に感じてみると、やはり魚の臓もつのように生臭かった。

玄関には十足あまりのスリッパが並んでいた。白昼のこういった場所は、何となく寒々としていて、空気もひんやりと湿っている。

ドアがしまると、どこかでチリンと鈴が鳴った。

「いらっしゃいませ。お待ち合わせでございますか？」

出て来た中年の女中が、愛想よく笑った。

「いいえ。お客じゃありませんけど……ちょっとお尋ねしたいことがあって……」

「はあはあ、どんなことでございましょうか？」

夏子を見て、良家の子女という見当はついたのだろう。女中は、粗略な扱いはしなかった。

「実は、あたくしの身内の者で、こちらへよく厄介になる者がいるのですが、ある事情がありまして、どうしても知りたいことがあるんです」

夏子も丁重な言葉を使った。その方が、重大な用件があって来たように聞こえて、女中もいいかげんな気持で応対しないだろうからである。

「分かりましたら、何でもお答え致しますけど……あいにく、あたしどもではお客様のお名前を控えたり控えなかったりで、あなたのおっしゃる方が、どの方だか……」

女中は、口に手をあてかげんにして、幾度も小腰をかがめた。

「男の方《ほう》は五十歳ぐらい、女は二十歳ぐらいのカップルなんです。多分、あの休息っていうんですか？　いつも時間で帰ったと思うんですけど」

夏子は言った。

「さあ……。何しろ、よくもまあ、こう男と女がうまく組み合わせられたものだと驚くらい、沢山のアベックさんがお見えになるんでねえ……」

女中は自分の言葉にクスッと笑って、照れたような顔をした。

「じゃあ、あのう……。先月の末あたりだと思うんですけどね。そのアベックが、この旅館で喧嘩《けんか》しているところを女中さんに見られたらしいんですよ。そんな記憶がありませんか？」

「喧嘩ですか？　何だかそんなこと聞いた覚えがありますよ。ちょっとお待ちになって下さい。夜の当番の女中を呼びますから」

と、その女中は、身体を反らして廊下の奥へ、

「清ちゃん！」

と声を張り上げた。

廊下の奥から、ズボンにエプロンという恰好の若い女が飛び出して来た。清子とでもいうのだろう。まだ二十前後の赤い頬《ほお》をした娘だった。

「清ちゃん、あんたね、先月の末頃、アベックのお客さんが喧嘩していた、なんて帳場へ来て報告してたことがあったわね?」

中年の女中が真面目《まじめ》な顔で、詰問するように言った。

「ああ校長さんのことね」

清ちゃんはニヤリとした。

「校長さん?」

夏子が訊いた。

「ええ。女の人が男の人のことを、校長さんって呼ぶもんですからね。あたしたちも、そう言うようになったんです」

洗濯していたらしい手を、清ちゃんはエプロンで拭《ぬぐ》った。

「そのアベックは、よくここへ来たの?」

「そうねえ、お馴染《なじみ》さんとまでは行かないけど……。二週間に一度は来ましたよ。いつも十二時頃、夜中のね。それで一時間か二時間で帰るんです」

そう言えば、父はたまに夜中の二時頃帰って来たことがある。千里が店の勤めを了えてから旅館に行くので、そんな時間になったのだろう。

「それで、その喧嘩していた時の様子はどんなでした?」

「どんなって……。口喧嘩なんですけどね。あたし、あがりを持ってお部屋へ行ったんです。そうしたらドアを半開きにしたまま、お客さんが喧嘩してるでしょう。あたし、つい覗いてしまったんです。そうしたら、校長さんがテーブルに手をついて頭を下げているんです。その前で、女の人が顔を覆って泣いてました」

「どんなことを言い合ってました?」

「さあ、短い間だから、言ってることまで分かりませんでしたけど……。校長さんの方は頼む頼むの一点張りで、女の人は、どうなっても知らないから、というようなことを言ってました」

「そうですか……」

千里の言った通りのことが、ここであったらしい。父は、子供をおろすように頼んでいたのだろう、千里はそれに逆《さか》らって泣いていたのだ。

そして、父と千里の関係が予想よりもはるかに深かったことが分かった。二週間に一度は、この『あかつき』の一室で二人だけの時間を過し、それもかなりの期間、続けられていたらしい。

この清子という女中の証言は重要である。父が自殺に追いつめられた一要素を、彼女は目撃したのだ。このことは、岩島弁護士に一つの裏付けとして提出する価値はあるだろう。

「お手間をさいて頂いて、すみません」

夏子は、千円札を一枚、二人の女中の足許に置くと『あかつき』を出た。

通りかかった中華料理の出前持ちが、夏子を振り返って見て行った。真昼間、温泉マークから一人で出て来た夏子に、興味を持ったのだろう。出前持ちが、男に抱かれた夏子の裸体を頭に描いたのではないかと思うと、不快な羞恥《しゅうち》を覚えた。

夏子は通りへ出ると、タクシーを拾った。ここから赤坂まで、電車やバスを利用して行くのには、さすがに疲れていた。上半身は紙のように軽いが、下半身は自分のものとは思えないほど重かった。

タクシーが走り出すと、夏子は耳鳴りがひどくなっているのに気がついた。周囲の雑音は耳に入らないが、心臓の鼓動とか呼吸音が耳の奥で鳴り続ける。今まで健康体であった夏子には、初めての経験だった。

「赤坂は、どちらです？」

と、運転手に声をかけられて、夏子は朦朧《もうろう》としかけた意識から引き戻された。慌てて窓の外を見やると、車は溜池を走っていた。

「虎ノ門の手前を右へ入って頂戴《ちょうだい》」

夏子は、『つぼ半』の所在地を思い出してそう言った。電話帳の広告欄に、確か『虎ノ門相田ビルの手前を入り、右側二軒目。関西料理つぼ半』とあったはずである。

タクシーは右へ曲った。相田ビルの金文字が、チラッと目に入った。

「そこよ、つぼ半って看板が出てるでしょ」

大型車がやっと通れる、一方通行の道の両側には、料理屋がズラリと軒灯を並べている。まだ駐車している高級車はなかったが、この通りは少しも閑散としていない。料亭の門内にはキチンと和服をつけた女の姿が見えたりしていた。

『関西料理つぼ半』という一メートルあまりの軒灯を仰ぎながら、夏子は門の中へ入った。飛び石二つばかりで、すぐ格子戸の玄関だった。格子戸越しに、スピッツらしい座敷犬を抱いた女の横顔が見えた。絣《かすり》の着物に赤いたすきをかけている。一見して、茶摘み女のようだが、これが『つぼ半』の、いわばユニホームかも知れない。

「ごめん下さい」

夏子が格子戸をあけると、女はびっくりしたように振り返った。その拍子に、女の膝からスピッツが爪《つめ》の音をさせて廊下の奥へ逃げ込んで行った。

「ご主人にお目にかかりたいのですが？」

マダムが主人なのか、女将さんと言えばいいのか、それとも男の経営者がいるのか分からないので、夏子はただ主人とだけ言っておいた。

「あのう、どちらさんで？」

女の言葉には、微かに関西訛《なま》りがあった。関西出身の女なのか、わざと関西弁を使わせているのか、その区別まではつかなかった。

「名前はお目にかかってから申し上げますけど、誠心館出版部に関係している者とお伝え下さい」

夏子はそう答えた。

名前は言わない方がよかった。面倒な客が来たと思えば、居留守を使われる恐れがあるからだった。

誠心館出版部という名前を出せば、『つぼ半』としても追い返すわけには行かないだろう。

「少々お待ちを……」

女は急に改まって頭を下げると、左手ののれんをはねのけて、帳場らしい部屋へ入って行った。

女は、間もなく戻って来て、

「どうぞ、お上りになって下さい」

と、スリッパを揃えた。

今度は話の性質上、玄関ですませるというわけには行かなかった。夏子は、オーバーのバンドをゆるめながら、靴をぬいだ。

女は一階の突き当りにある小部屋へ、夏子を案内した。畳数から言うと四畳半だが、関西畳のせいもあって、広い感じだった。

茶室ふうの部屋で、厨子《ずし》棚、文台《ぶんだい》、文箱《ふばこ》など調度品も凝っていた。

「ただ今、旦那様《だんな》がすぐ参りますから……」

女は、桐《きり》造りの手あぶりを置くと、そう言って立ち去った。旦那様というからには、この経営者は男らしい。

夏子は、灰の中から頭を出している赤い炭火に手をかざしながら、壁にかけてある額絵を眺めた。額絵には違いないが、描いてあるのは絵というより、製図のようなものであった。

初めのうち、その線描きの図が何であるか分からなかったが、眺めているうちにどうやら二種類の鳥居を描いたもののように思えてきた。

鳥居などに興味を持っているこの家の主人が、どんな男かちょっと想像がつかなかった。

やがて部屋へ入って来た男は、意外に若かった。四十前というところだろう。恰幅のいい身体で、顔色はピンク色に艶があった。夜の商売とは言え、男はネクタイをしめ背広を着込んでいた。

「大変お待たせを致しました」

一礼して、夏子の向かいに正座すると、男は、さあさあというように手を差しのべた。

「どうぞ。お楽に。わたしはどうも江戸っ子のせいか、四角ばったことは大嫌いで。家内が関西の女だもんで、こんな商売をしておりますが、わたしはこう、ねじり鉢巻きで寿司でも握りたいんですよ」

男はよく喋《しゃべ》った。口とは裏腹に、大した商売人だということは、すぐ知れた。いきなり要件に入ろうとしないで、まず座をなごませてから、というのが板についた商売人ぶりだった。

「あの鳥居の絵というのは珍しいですわね」

夏子も意識して、本題に触れようとはしなかった。

「ああ、あれですか。別に絵だなんてものじゃないんですがね。偉い人が描いたものと親《おや》父《じ》に言われて、ただ飾ってあるだけなんですよ。わたしの趣味じゃありません」

「あれは、何を意味しているんです?」

「ただ鳥居の代表的な形を二通り描いてあるんでしょう。左側が神明《しんめい》鳥居、右側が明神《みょうじん》鳥居というんだそうです」

「何か字が書いてありますわね」

「ええ。説明書きです。つまり、神明鳥居というのは、笠木《かさぎ》、貫《ぬき》、柱、という部分から出来ている。明神鳥居の方は、笠木、貫、柱、ほかに、島木《しまき》、額束《がくづか》、亀腹《かめばら》、という部分がある、といったことが書いてあるんです」

額絵と夏子を半々に見て、男は説明した。これで、話が杜切れた。この瞬間を待っていたように、

「申し遅れました。わたし、ここの経営者の八田《はった》です」

と、男は言った。彼は雑談のうちに、すでに夏子が誠心館の社員でないことを見抜いたようだった。八田の表情は、刑事のように厳しく豹変《ひょうへん》していた。

「あたくし、木塚夏子と申します」

「木塚さん……？」

「そうです」

「誠心館さんとのご関係は？」

「あたくしの父が、誠心館の社員とここへ来ました。ご存知のはずですわね？」

夏子は斬《き》り込むように、口早になった。

八田は明らかにとぼけている。彼が木塚という名前を覚えていないはずはない。誠心館からも口留めされ、教育委員会、あるいは警察も、ここへ問い合わせに来ているかも知れない。木塚という名前を、八田はイヤというほど聞かされているのだ。

八田が警戒して口を噤《つぐ》んでしまう前に、彼の懐《ふとこ》ろに飛び込まなければならなかった。

「はあはあ、覚えております。確か、小学校の校長さんでしたね」

八田は、今思い出したというように、小膝を叩《たた》いて見せた。

「しかし、わたしは木塚さんの名前を覚えていても、どなたと一緒に、いつ来られたかは知りませんねえ」

あまりうまい逃げ方ではなかったが、それに相手が若い女だと、見くびったからだろう。

「いいんです。そんなに誠心館に義理立てなさらなくても」

夏子は、冷ややかな視線を八田に向けた。

「あたくし、誠心館の人たちに会って来ましたし、お宅としても父の娘のあたくしにまで隠す必要はありませんわ」

と、夏子は『統計事務官　木塚夏子』の名刺を出して、八田の目の前に置いた。

「いやあ、ずいぶんはっきりしていらっしゃいますな。お嬢さんも……」

八田は頭へ手をやって、破顔一笑した。もう隠しだてはしない、という態度だった。

「教育委員会からも、こちらへ問い合わせが来ましたの？」

「ええ。教科書問題の今後の参考にするだけだから、誠心館と木塚先生の関係を教えてくれってね。警察からは、木塚先生の日常を調べたい、と言って来ました。わたしは、両方とも、木塚さんというお客様は見えたことがないと言い通してしまいましたがね。教育委員会の人の話によると、ここで木塚先生が誠心館の供応を受けたという投書があったそうですね」

「あたくしも、そう聞いてます」

「まあ、それは事実なんで、仕方がありませんがね」

八田は割りきった言い方をした。

「わたしどもの関係者が、そんな密告をしたなんて考えないで頂きたいですね。そんなことをしたら、この『つぼ半』の信用がガタ落ちになるんだから」

夏子がその密告者を調べているとでも思ったのだろう。八田はそう念を押した。

「スパイはどこにでもいるんですわ。でも、その日ここの宴席に加わったのは、何人だったのです？」

「お客様は四人だけです」

「父のほかに三人ですね？」

「ええ。津田さんと藤代さん、それにもう一人若い方、この誠心館の方たちだけでした。用談が終ってから芸者たちが四人来ましたが、みんな馴染みの妓《こ》ばかりですからね」

夏子は沈黙した。これ以上、訊くことはなかった。目新しい収穫はなかったが、父の供応が事実だったことを確かめれば、それでよかった。

それにしても、死者の過去を調べるということは、何という空しさだろう。区切りがつく度に、やりきれない虚脱感を味わうのだ。すでにこの世に存在しない人間の過去を知って、一体何になるのだろうか。軽い食事でもとすすめる八田の申し出を断わって、夏子は『つぼ半』を出た。

三時を過ぎたばかりなのに、風が冷たくなっていた。

夏子は、腕時計から目を放した。これから岩島弁護士に会い、そして七時に『ニュー渋谷』の前で南光夫と待ち合わせる。仕事はまだ二つ残っているのだ。

それが終れば、もう明日になる。明日で達也の勾留期限が切れるのだ。起訴が行われるとすれば、明日の二十四時までである。

現在の夏子ほど、一秒一秒の時間が貴重に感ずる者は少ないだろう。ある人は、退屈な映画を見ている。愚にもつかないことで夫婦喧嘩している。酒を飲んでいる。またある人は、近所の噂話に熱中している。居眠りをしている。

時間の空費を空費だと気がつかない者ほど、幸福な人間はいない、と夏子は思った。かつては自分もそうだったのだ。クリスマス・イブともなれば、大いに時間の空費を楽しんだものである。

しかし今は、クリスマス・イブそのものが、夏子には遠い存在だった。一日を二十四時間と決め、その時間にコマのように振り回されている人間と、いろいろと名目をつけて時間の制約から逃れようとする人間が、同じものとは思えなかった。

夏子は、この世に一人でいた。

3

午後四時から五時までの間は、岩島弁護士が九分通り代々木参宮橋の事務所にいる時間だった。

岩島弁護士はほかに支障がない限り、午後四時に出先から事務所へ帰ってくる。事務員が五時まで勤務する関係から、留守中の電話や用件を事務員に聞かなければならないのである。

夏子が、参宮橋ビルの三階にある『岩島法律事務所』へ行くと、岩島は脱いだばかりのオーバーを衣桁《いこう》にかけているところだった。

「やあ、今、検察庁から戻って来たところです」

岩島は総張りガラスの窓を背負って、何一つ置いてないデスクの前に坐った。

「主人の事件に関することで、検察庁へ行かれたんですか？」

夏子も、ソファに身を沈めた。とても立ってはいられないほど、腰に力がなかったからだ。

「そうです」

「あたくしも、是非お話ししようと思うことがあって……」

「奥さん、無理をなさっちゃいけませんよ。まるで、生きているっていう顔じゃないですよ」

岩島はしげしげと夏子を眺めた。いたわりの目ではなく、困った女だと言いたそうな眼差しだった。

事務員が、夏子と岩島にお茶を運んで来た。夏子は、湯呑《ゆの》みを両手で包んだ。その温か味が、何か大切なもののような感じだった。

「とにかく、奥さんのお話というのを、お聞きしましょう」

と、岩島はお茶をすすった。

夏子は顔を上げた。岩島の脂が浮いた額を瞶めて、短い間に胸の中で言うべきことを整理した。

「父は自殺でした」

低い声だったが、夏子は明瞭《めいりょう》に言葉を口にした。

予期していた通り、岩島は眉《まゆ》をひそめて呆然《ぼうぜん》と夏子を見返した。やがて、その表情は険《けわ》しく凝固した。

「根拠は？」

弁護士は音を立てて、湯呑みをデスクに置いた。

「あります」

「どんな？」

「父には、自殺を思いつめるだけの理由があったのです。あたくし、昨日から飲まず喰《く》わず、それに眠らずで調べました」

「確かなんですか？」

「証拠もあります。証人もいます」

「奥さん、あなたはまさか、ご主人を釈放させるために、そんなことをおっしゃっているんじゃないでしょうね」

「違います」

「もし、そんなことを作為をもっておやりになると、奥さんまで大変なことになりますからね」

もしかすると、誠心館の藤代の口から、父の死が自殺だったと思わせるように協力してくれと言ったことが、洩れるかも知れなかった。

しかし、そんなことは、どうでもいいと思った。今はこのまま、押し進めて行くよりほかないのである。

「父には、教科書売り込みに関して背信行為があったのです。いいえ、一種の汚職なんです。それが、密告によって教育委員会に知れたんです。もう一つあります。父には、愛人がいました。二十一歳のバーの女です。父の昔の教え子です。父はその女を妊娠させました。父が妊娠中絶させようと思っても、女は子供を産むと言って、頑として言うことを聞かなかったのです」

「奥さん！」

「父の立場、体面、性格が、現状をこのまま進展させておくことに耐えられなかったのです。父は、死を覚悟しました」

「あなたは、自分のお父さんの名誉を考えないのですか？」

「でも、事実は事実です。嘘《うそ》だとお思いなら調べてみて下さい。教科書問題については、誠心館出版部、それに赤坂の料亭『つぼ半』へ行けば分かります。愛人だった女は、久留米千里、『ニュー渋谷』というバーに勤めています」

夏子は一息に喋った。興奮していることが自分でも分かった。鬱積《うっせき》していたものが、一度に爆発したようだった。しかも、こう喋っているうちに、父の死が事実自殺であったような気がして来た。

「岩島さん。何とかして頂きたいんです。父は自殺したんです。それなのに、夫が殺人容疑で捕まっているのは、どういうわけなんでしょうか！」

夏子は必死だった。そうだ、父は自殺したのだ。自殺に違いない――と、夏子は自分に叫び続けた。

「そうなんです。父が自殺したというならば、全ての矛盾も解消されます。死体の検視にしたってそうでしょう。父はウイスキーを飲んで、縊死《いし》を遂げたんです。何も、他殺かも知れないって疑う必要はないでしょう。誰にも言わずに大洗へ行ったのも、自殺する覚悟だったからです。学校へ休暇の届けを出したのも、心配されてすぐ探されることを防ぐためだったんだわ」

「分かりました、奥さん！」

堪えきれなくなったように、岩島は鋭く遮《さえぎ》った。

夏子が黙ると、岩島は回転椅子を半分だけ回して横顔を見せた。

「お望みならば、弁護士として、どんなことでも調べましょう。しかし、もう少し冷静に話して頂きたい」

「冷静ですわ。ただ疲れているんです」

夏子は、かすれた声で答えた。

「奥さんの言われたことは、もう一度詳しくお聞きして調べてみましょう。ですがね、お父さんが自殺されたことにすれば、全ては解決すると思ったら、それは間違いですよ」

「なぜでしょうか?」

夏子は不安になった。今日の岩島は、確信をもって言葉を口にするような気がしたからだ。鋭い声で、夏子を制止するようなことは、この煮えきらない弁護士に出来るはずがなかったのである。

しかも、彼は達也のことで検察庁へ行って来たばかりだという。夏子には予想外の新事実でも発見されたのだろうか。

「奥さんは、お父さんが自殺されたのなら、いろいろな矛盾が解決すると、おっしゃられた」

「ええ」

「しかし、解決しない矛盾点もあるんです」

「どんなことでしょうか?」

「大洗の浜田屋旅館へかかった、東京からの電話です。お父さんが誰にも行先を告げずに大洗へ行かれて、覚悟の自殺を遂げられたのなら、この東京からの電話はどう解釈するべきなんです?」

「………」

夏子は言葉に詰まった。これは岩島の言い分の方が正しかった。自殺を覚悟した父へ、誰が何のために電話をしたかと言われれば、答えようがなかった。

「実は、この電話の内容が分かりそうなのです」

「は?」

夏子は驚いた。驚く理由はなかったのだが、岩島の言葉が意表外のように感じたのだ。

「電話の内容ですよ」

弁護士はもう一度言った。

「どうして、それが分かったのです?」

「大洗の浜田屋旅館の電話交換手ですよ。電話の最初の部分だけを、つい耳に入れてしまったのだそうなんですが、一応違法と思い込んで、誰にも喋らなかった。それを茨城県警の刑事が聞き込んでね」

「どういう内容だったんですか?」

「それはまだ分かりません。今日、捜査本部の係官が大洗へ飛びましたよ」

岩島は、回転椅子をもとの位置に回した。

「それから、奥さん。今こんなことを申し上げるのは残酷ですが、今日の昼頃からご主人はボツボツ自供を始めたそうですよ」

「え?」

「相変らず支離滅裂な自供らしいですが、本当のことを喋ると、言いだしたそうです」

「……!」

夏子の顔から血の気が引いた。ただでさえ蒼白《そうはく》だった頰の色は、土気色《つちけいろ》に変った。

《夫は負けた……》

夏子はそう思った。十日間の勾留に、恐らく根がつきたのだろう。それとも精神に異常をきたしたのだろうか。

今になって達也が、そんなことから犯しもしない罪の自供をしたら、夏子の苦労は水の泡だった。達也のことである。もし彼が事実犯人だったとしたら、逮捕されたその日に何もかも喋っただろう。達也は犯人ではないからこそ、筋道の通らないことを口走りながらも、今日まで自供を拒《こば》んで来たのだ。

それが、突然本当のことを喋ると言って、自供らしいものを始めたというのは、夏子にも素直には受け入れられなかった。

夏子は凝然と、窓から見下せる小田急のガードに目を向けていた。

4

約束の七時に、南光夫は『ニュー渋谷』の前で待っていた。宮益坂の中程に一年ほど前から開店しているサロンスタイル、デラックス・バーという宣伝文句の店だった。

星を型どった青と銀色のネオンが、『ニュー渋谷』の文字を浮き上らせていた。その真下に、ネオンの点滅に顔を彩らせた南光夫が立っていた。

風に吹かれるように近づいてくる夏子を見て、南光夫は二、三歩踏み出して来た。

「大丈夫なんですか？　フラフラしているじゃありませんか」

彼は、夏子の肩に手を回した。

「大丈夫です」

夏子は、南光夫の腕を押し返した。

「何かあったんですか？　今朝会った時よりも、ひどく疲れているようだ」

「歩き回ったからでしょう」

達也が自供を始めたということを、南光夫に言う必要はなかった。他人に話せば、それだけ実感が湧《わ》いてくる。。

《そんな馬鹿《ばか》なことが！》

と、夏子は思っていたかったのだ
「入りますか？」

南光夫が、ドアを開きかけているドアボーイを見て、夏子に言った。

「ええ」

夏子は頷いた。

実際は、もう『ニュー渋谷』に来ても仕方がなかったのである。大洗の浜田屋旅館へかかった電話の内容が分かりそうだというし、達也が結局は、その電話をかけた男にされるだろうからだ。

しかし、ここまで来てもらった南光夫にも悪いし、ウイスキーぐらいはご馳走《ちそう》しなければならなかった。それに、父の死を囲んでいる環に三度触れてきた『ニュー渋谷』とはどんなところか、見てみたいという気持もないではなかった。

店内には暖房がきいていた。一階の中央に円形のスタンドバーがあり、それをとり巻くようにして、ボックス席が配置されていた。ホステスがサービスするのは、このボックス席で、中二階にある向い合いの席はアベック専用らしく、ボーイの姿だけがあった。

「懐ろの温かい者はボックス、安上りがお望みならスタンドバー、アベックは中二階、と三通りの客種を狙《ねら》ったわけですね」

耳許で、南光夫が囁《ささや》いた。

店内には一足先にクリスマス・イヴが来ているようだった。テープ、万国旗、クリスマス・トゥリー、と豪華な飾りつけがしてあって、客の数もかなり多かった。

ボーイが気を利かして、中二階の方へ案内しようとしたが、夏子はボックスを指さして、

「あっちがいいわ」

と言った。

「よろしいんですか」

ボーイは、南光夫の顔色を窺《うかが》った。

「いいんだ」

彼は苦笑しながら答えた。それでもボーイは、いちばん目立たない隅のボックスへ二人を連れて行った。

「久留米千里という女、いますか?」

席についたとたんに、南光夫が訊いた。

夏子は、それぞれのボックス席を一通り見渡した。どの席も、男客とそれをとり巻いたホステスで塞《ふさが》っていた。客の酔声と、女の嬌声《きょうせい》が、バンド演奏の間を縫って店全体を沸かしている。

夏子は、さまざまな姿態のホステスたちを一人一人確かめた。

「いますわ」

「どれです？」

「あの和服の女です」

夏子は目で、斜め反対側の席を示した。千里はクリーム色と藤色に染めわけた和服姿だった。化粧のせいか、戸越アパートで見た時よりも、はるかに個性的な美貌《びぼう》である。騒ぐのはほかのホステスに任せて、千里はオットリと席についていた。

「美人ですね」

南光夫は、鋭い目で千里を観察していた。

「いらっしゃいませ」

と、ニコやかな笑みを浮かべた女が、二人来た。豊満な身体をイヴニングドレスに包んだ女と、普通のＢＧのような服装の子供っぽい女だった。

二人とも、手に小さなバッグを握っていた。化粧道具と財布ぐらいのものが入っているのだろう。

「失礼します」

イヴニングドレスの方が、夏子の脇《わき》に坐った。彼女の重味で、クッションが弾《はず》んだ。

「お飲みものは？」

ＢＧスタイルの女が南光夫の顔を覗き込んだ。鼻にかかる甘ったれ声だった。

「ぼくはビールだ。夏子さんはブランデイジンジャイルぐらいは、いかがです？」

「ええ」

どうでもいいというように、夏子は頷いた。

「ボーイさん！」

ＢＧスタイルが手を振ってボーイを呼ぶと、ビールとブランデイジンジャイルを注文した。

「あなた、このお店は古いんですか？」

夏子は、イヴニングドレスに訊いた。三十近くに見える年齢から言って、この女は古顔ではないかと思ったのである。

女は、南光夫の煙草にライターの火を近づけながら振り向いた。

「ええ。このお店が出来た時からなんです。若い娘《こ》に古狸《ふるだぬき》だなんて言われているらしいですわ」

一年やそこらの勤続で古狸と言われるのは、いかにもこの世界らしい。夏子は統計局のことを思った。勤続二十年、三十年の職員は、ほうきで掃くほどいる。

「そうすると、この店の女の人には、いろいろと詳しいでしょうね」

夏子は、女がくれる熱いおしぼりを受け取った。ほんのおしるしに指先を拭って、女に返すと、彼女はそれを器用にクルクルと巻いて、銀盆へ放り込んだ。

「ええ、そりゃあ、まあね……。何か、お知りになりたいことでも、あるんですか?」

「ええ、ちょっとね」

　夏子は千里の方へ目をやった。女も、その視線を追って、斜め反対側の席を振り向いた。

「あの、和服の人ね……」

「ええ」

「このお店で何んて名乗っているか知らないけれど、本名は久留米千里っていう人……」

「お店でも、千里ちゃんって言ってますわ。先月、新橋のクラブ『ハイライト』から移って来た娘《こ》なんですよ」

「あの人の評判は?」

「お店で、ですか?」

「そう」

「そうですねえ。よくもなし、悪くもなし、というところじゃないかしら。とにかく、おとなしく静かな娘《こ》ですからね。最初、この店へ移って来た頃は、何となく暗い娘という感じでしたけど、最近はすっかり陰気になってしまって……」

「なぜかしら?」

「あの人には、パトロンというか愛人というか、つまり、いいお客さんがついていたんですよ。小学校の校長さんでね。とても千里ちゃんには優しくて……。まあ、あの二人はただの仲じゃない、という評判でしたけど」

父と千里の関係は、この店の女たちの間でも評判だったらしい。

南光夫がテーブルの上に乗り出してくる気配がしたが、夏子は目を伏せたまま黙って女の話を聞いた。

「ところが、今月の五日に、その校長さんが亡くなられたんですよ。殺されたっていう話ですけど、新聞の記事によると、校長さんの娘さんのご主人が、犯人として逮捕されたんですって。千里ちゃん、きっとそんなことから、すっかり沈んじゃったんでしょうね。あたしたちも、千里ちゃんの前では、そのことに触れないように気を配ってますけど……」

これが父の死とか達也の勾留とかに無関係な場合だったら、夏子は恐らく吹き出していただろう。本人を目の前において、本人のことを話されるのは滑稽《こっけい》である。相手が真剣であるだけに、本来ならばニヤニヤしたくなるものだ。

だが、勿論夏子には笑えなかった。笑うどころか、今、この女が話している校長の娘というのが、夏子とは別にいればいいと思っていた。

「その、逮捕されたという人も、このお店へ来てたんですか？」

夏子は、目の前に置かれたブランデイジンジャイルの琥珀《こはく》色を瞶めた。ふと、これと同じような色のハイボールを飲んでいた、達也のことを思い出した。

「そうですね、三度ぐらい見えたかしら。いつも校長さんと一緒でしたけど。無口な方でね。遠慮しているみたいに顔を伏せたっきり……あたしなんかが、気安く傍へ行ったりすると、照れてしまってね」

女は口許を綻《ほろこ》ばせた。

女の表現は、達也の印象を的確に捉《とら》えていた。達也は彼女の言う通りだった。店で金を払って飲むのだから、もっと堂々としていなさい、と夏子が言っても、達也はいつも頭の中で勘定の計算をしているみたいに、浮かぬ顔をしていた。

「それで、必ず校長さんを残して、一人で先へ帰ってしまうんですよ。あたしたちが、奥さんが怖いんでしょうってからかうと、そうじゃないってムキになって強がるんですけど、それがまた、いかにも強がりだっていう感じなんですよ」

女の言葉は、達也の面影を彷彿《ほうふつ》とさせる。夏子は達也が無性に恋しくなった。達也の顔を見たら、頬の一つも張ってクシャクシャにしてやりたい、と想像しただけで、心臓にさし込むような痛みを覚えた。

「ちょっと、お尋ねすることが細かくなるんですけど……」

夏子は、白くなるほど下唇を嚙《か》んだ。脳裡《のうり》にある達也の笑顔を消して、憔悴《しょうすい》しきった彼の顔をそれに替えた。

「今月の五日ね……」

「校長さんが亡くなった日ですね？」

「ええ。その五日の夜なんですけど……」

「その校長さんの娘さんのご主人が、ここへ見えたかっていうんですか？」

「よく分かりましたわね」

「警察の人が来て、そのことをしつっこいほど尋ねられましたから」

「それで、やっぱり、この店へ来てたんですか？」

「見えてましたよ。あたしたち、刑事の質問に答えるために、みんなで話し合ったんですけど、確かに五日の夜、その人はお店へ見えましたわ」

「それで、電話をかけたんですか？」

「そのことも刑事が質問しましたけど、電話をかけたかどうかは分かりませんでした。スタンドで飲んでましたけど、席を立ったってトイレへでも行ったのかとバーテンたちは思いますしね。三十分ぐらいいいて、もう一軒行ってみようか、なんて言って帰ったそうですよ」

「その夜、千里さんはお店に出ていたんですか？」

「ええ。貿易会社のお馴染さんが多勢来てましてね、その席へ千里さんもあたしなんかと一緒に、ヘルプで出ていたんです。十一時半の看板まで……」

「千里さんと、話もしなかったんですか？」

「その人ですか?」

「ええ」

「だって、千里さんはボックスにいたし、その人はスタンドですから、顔見知りでも、特に用がなければ言葉を交しませんわ」

人のよさそうなこの女は、困惑の表情で弁解するように言った。

女の話は、だいたい岩島弁護士から聞いたことと一致していた。つまり、警察が調べあげたこと以外には何もないのだ。

結局、達也は、映画を見て六本木の『香貴苑』で酒を飲んでいたという全く出鱈目《でたらめ》な自供をしたが、実は『ニュー渋谷』へ現われ、そこからまたどこかへ行ったのだ、ということを確認しただけである。

だが、達也は五日の夜、この『ニュー渋谷』を出てから、そのあとはどこへ行ったのだろうか。警察は、ここを出てから大洗へ向かったと解釈している。時間的にはギリギリの線で、達也が大洗まで行き、父を殺したという推定は成り立つ。そして、『ニュー渋谷』からかけた電話は、父を浜田屋旅館から適当な場所へ呼び出すための連絡だと、判断されているらしい。

しかし、夏子の考えからすれば、達也は『ニュー渋谷』を出てから明方に烏山の家へ帰ってくるまでの間、東京のどこかにいたことになるのだ。

夏子は、肝腎《かんじん》なことを忘れていたのに気がついた。達也が『ニュー渋谷』を出てから家へ帰ってくるまでの、九時間あまりの空白のことだった。この空白を埋めることが、達也の潔白を証明する最も手っとり早い手段だと、どうして考えつかなかったのだろうか。達也という当人がよく知っているという観念が、そうさせたのかも知れない。

だが、達也は驚愕《きょうがく》と疲労から、それさえもはっきり言おうとしてないのだ。それなら、夏子が替って調べてやればいい。

とは思いついたのだが、その空白を埋めるにはどうすればいいのか、夏子には手のつけようがなかった。達也の足どりは全く不明なのである。

達也の日常から分析して、映画館、またはパチンコ屋だとかいった遊戯場へ行ったとは考えられない。友達の家へでも行ったのなら、当然その友達が、達也のアリバイを立証してくれたはずだ。少なくとも、特定の場所に特定の人と一緒にいたのではないことは確かである。個人個人が目立たない、そして人の出入が繁《しげ》しい場所にいたと考えるよりほかはない。

交際範囲も行動範囲も狭い達也が、九時間も過せる場所があるだろうか。最も可能性のあるのは、飲んでいたということである。

六日の明方に帰って来た時、達也はひどく酒臭かったし、調子っぱずれの節回しで、しきりと『赤とんぼ』を歌っていた。酔っても歌わない達也が、あまり繰り返して歌っているので、夏子はよほど『赤とんぼ』が気に入ったのだなと思ったものである。

それに、達也は『ニュー渋谷』を出る時、もう一軒寄ってみようか、と言ったという。こんなことを考え合わせてみると、達也はその言葉通り、もう一軒はしご酒をしたのではないかと思われる。

「南さん」

夏子は言った。

「男の人が酔っている時の心理って、よく分からないんだけど、はしご酒する時はいつもよく行く店へ寄るものかしら？」

「はあ……？」

南光夫は女にビールを注いでもらいながら顔を上げた。

「そうですね。酔っぱらっていれば、とんでもないところまで遠征することがありますが……まあ、はしご酒っていうものは、コースがきまっていて、不思議にその馴染みの店へ行ってしまうものですね」

達也は『ニュー渋谷』では大して飲んでいないようだ。すると、酔っぱらっていたとは言えない。南光夫の言う一般的な傾向としては、達也は馴染みの店に寄ったということになる。

場所は渋谷界隈《かいわい》と限定してよさそうだ。渋谷は鳥山に最も近い盛り場なのである。それに、達也の性格から考えて、銀座新橋の方までわざわざ足をのばすとは思えない。渋谷には、彼が幾度か行っている店がある。

夏子は埋もれた記憶を掘りかえした。達也の口から、二、三度聞かされたことがある名前のバーが、渋谷の井の頭線の駅附近にあった。そのあたりへ行って、バーの名前を見れば思い出せそうな気がする。

「ちょっと、失礼……」

夏子は腰を浮かせた。

「お手洗いですか?」

イヴニングドレスの女も、慌てて立ち上りかけた。トイレへ案内してくれるつもりなのだろう。

「いいえ、違うの。ちょっと買い物を思い出したから……」

夏子は横這《よこば》いに、女の膝の前を通り抜けた。

「外へ行かれるんですか?」

南光夫は面喰らったようだった。彼にとって、現在の夏子のやることなすこと一つ一つが唐突であり不安に思えるに違いない。

「南さんはそのまま飲んでいて下さって。すぐ戻って来ますから」

そう言い残して、夏子は通路へ出た。夏子が推定したバーへ、達也が行ったという確率は少ない。しかし、夏子には直感のようなものがあった。夫婦ともなれば、互いの習癖とか思考範囲などというものを肌で知ってしまう。それは、一種の感覚ともなる。他人に通用する嘘や演技が、夫婦の間では、直感で見破られてしまうのも、そのせいだろう。

達也の単純で平板な生活態度から割り出せば、その行動も理窟《りくつ》ではなく感覚で嗅《か》ぎ当てられそうな気がする。その結果が、今、夏子が目指しているバーなのだ。

渋谷の夜景は一層、刺戟《しげき》的に変っていた。ネオンが華麗というより毒々しく目に映じた。まるで競い合うように点滅するのが、狂噪《きょうそう》的な感じでさえあった。

オーバーを着込んだ人々の黒い流れは、牛の群れのように、ただ前を行くものを追って移動していた。濃紺の夜空に、霞《かす》んだ月が上っていた。それがクリスマス・イヴをひかえたこの夜景には、そぐわない感じだった。最もチグハグな和洋折衷とでも言うのだろうか。

しかし、夏子はその月を美しいと思った。霞んでいるのが、かえって瑞々《みずみず》しく、今にも雫《しずく》でも落ちて来そうな月だった。

国電のガードをくぐり、駅前広場から交叉点《こうさてん》の信号を渡ると、並んでいる店がパン屋、果物屋、乾物屋と、どこにでもありそうな商店街になる。井の頭線の階段の下には、人待ち顔の男女が、落ち着きなくあたりに目を配っていた。

新しい年の暦を立ち売りしている老婆と、宝くじ売りの女だけが、妙に寒そうに見えた。

夏子は、井の頭線沿いの路地《ろじ》へ入った。寿司屋の大提灯が揺れ、やきとりやギョウザの匂いが路地に充満していた。

このあたりには、小さな大衆バーが何軒もあった。飲みものの値段を書いた立て看板が入口の前に置いてあり、店の名前は恥かしそうに小さく記されてあった。

夏子は、左右を交互に見ながら、バーの名前を確かめて歩いた。『キヨコ』『ドン』『桜』『ブラック』と、いかにもバーの店名らしい名前が並んでいた。

夏子は『ラブミー』という店の前で足をとめた。確かに、達也が度々口にしていたバーの名前である。目薬か香水の名前みたいだと夏子が笑った覚えがあるから、間違いなかった。

夏子は木製のドアを押した。店の中は薄暗かった。狭い店で、煙草の煙りがこもっていた。それでも、止り木の客やカウンターの中のバーテンが、一斉に顔を向けたのが分かった。

「いらっしゃい」

女一人と見て、バーテンが気のない声で迎えた。

店に女の子は一人もいなかった。客もサラリーマンらしい若い男ばかりだった。バーテンが一人で、五人ばかりの客を応対するといった店である。アメリカ民謡のレコード音楽が低く流れていた。『ニュー渋谷』などよりは、ずっと達也の好みに合いそうな店だった。

夏子が背のびするようにして端の止り木に腰掛けると、客たちは中断していた雑談の続きを始めた。

「何をお飲みになります?」

バーテンが夏子の前に来た。暖房がないので、ワイシャツに蝶《ちょう》ネクタイという服装のバーテンが寒そうに見えた。

「レモンティでも頂くわ」

と言って、夏子はすぐ付け加えた。

「バーテンさん、ここへくるお客で、木塚っていう人、知っている?」

「木塚?」

バーテンはカウンターに両手を突いて、身体をのけぞらした。

「三十ぐらいで、無口な……。そう、ちょっと木村功っていう俳優に似ている人」

「統計局へ勤めている木塚さんですか?」

バーテンは、あっさりと答えた。知りすぎていて、改めて訊かれても咄嗟《とっさ》に思い出せなかったというふうだった。

「でも、このところ、しばらく見えませんがねえ」

達也の事件を知らないらしく、バーテンはそう言った。恐らく毎日は新聞を読まないのだろう。職業上、テレビやラジオを聴視出来ないのだし、バーテンが達也の殺人容疑を知らなくても無理はなかった。

「あの人のことで、聞きたいの」

落ち窪《くぼ》んだ眼窩《がんか》の奥で、夏子は異常に鋭くなった目を光らせた。

バーテンは黙っていたが、夏子の質問を待っている様子だった。

「今月の五日の夜、あの人がこのお店へ来たかどうか知りたいのよ」

「さあ、そんなことは覚えていませんねえ」

無理を言うなというように、バーテンは苦笑した。

「だろうとは思うんだけど、何んとしても知りたいの」

「しかしねえ……」

「お願いするわ。どうにか思い出して下さらない?」

「弱ったなあ」

若い女に懇願されて、バーテンもすげなく突っぱねるわけには行かないという気持なのだろう。唇を結び、顎を突き出して、それでも真剣に記憶を辿《たど》っているようだった。

「何か方法がないものかしら。毎日つけているようなメモみたいなもの、ないんですか?」

「メモねえ……。ちょっと待って下さい」

何かを思いついたらしく、バーテンはカウンターの下からボール箱を引っ張り出した。ボール箱の中には、ソロバン、鉛筆、仕入れ伝票、それにメモ用紙などが入っていた。このバーの事務用品といったところだろう。

「これに、その日の売り上げや、お客さんのツケなんかを書き込んでおくんですが……」

と、バーテンは月日と曜日が印刷されてあるメモ用紙を、一枚一枚めくった。

「木塚って……いう人、ツケで飲むんですか？」

「いや、木塚さんはいつも現金払いですが……。このメモを見ると、書きとめてあること から連想して、何となくその日あったことを思い出せるんですよ」

十二月五日のメモに行きついて、バーテンはそこに記されてある文字を凝視していた。

夏子も首をのばして、バーテンの手許を覗き込んだ。売り上げらしい金額の数字やら、ツケと思われる金額と客の名前が走り書きされてあった。

「ウイスキー二本、原価……か」

バーテンは声に出して、メモ用紙のいちばん下に書いてある文字を読んだ。

「それ、何のことなの？」

「つまり、ウイスキーをビンごと持って帰りたいっていうお客が、たまにあるんですが、そんな時には、酒屋から仕入れた値段でおゆずりするってことですよ」

ここまで言って、バーテンは一瞬、間をおいてからパチンと自分の額を掌で叩いた。

「木塚さんですよ」

「え？」

「このウイスキー二本、原価っていうやつ、木塚さんにゆずったんです」

た。


「じゃあ、五日の夜、この店へ来たのね！」

夏子は、止り木から腰を滑らせていた。血行が俄《にわ》かに早まったように、全身が熱くなった。

「これから大いに飲むんだって、ウイスキーを二本ね……。そうです。木塚さんですよ」

「何時頃、ここへ来たの？」

「時間まで分かりませんが、そう遅くはなかったですね」

「ここで、ずっと飲んでいたのね？」

「いや、すぐ帰りましたよ」

「すぐ……？」

意気込んでいただけに、すぐ帰ったと言われて夏子は突然口を塞がれたような気持になった。

「ここで木塚さん、待ち合わせの約束をしておいたらしいですね」

「待ち合わせって……誰と？」

「誰だか知りませんが、若い女の子二人ですよ。あんまり美人じゃありませんが、その女の子二人が、先にここへ来て木塚さんを待っていたようです。間もなく木塚さんが見えたんですが、女の子たちとは初対面らしく、遠慮がちに声をかけて、何か話し合っていましたよ。そしてすぐ、ウイスキーを二本ゆずってくれって言って、それを受け取ると女の子たちと三人で、ここを出て行ったんです。だから、ここにはものの五分とはいなかったでしょう」

バーテンは澱《よど》みなく喋った。夏子を達也の妻とは気づいてなかったからだろう。

《二人の若い女と待ち合わせた……》

夏子は、このことに拘泥《こうでい》していた。嫉妬《しっと》ではなかった。そうした達也の行動が、いよいよ不可解なのである。達也にしても事情があれば、若い女と待ち合わせることもあるだろう。しかし、バーテンの観察では、達也と二人の若い女は初対面らしかったという。しかも、この店でウイスキーを二本買い、女たちとすぐ立ち去ったというのは、どう解釈すべきだろうか。

コールガールといった類《たぐい》の女なら、二人もくるはずがない。明らかに、目的があって達也は二人の女と待ち合わせしたのだ。だが、その目的は何だろうか。初対面の女二人とウイスキーを飲むのが目的、というのは釈然としない。

女二人を連れてここを出てからの達也の行方は、その意味でも追うことは不可能であった。

ウイスキーを分けてもらったというからには、飲食店とか旅館とか、いわゆる商売屋へ行ったのではないだろう。持ち込んだウイスキーで酒宴を開くとなれば、誰かの住居と考えるほかはない。その二人の女の、どちらかのアパートということは、充分に考えられる。

「その女の人って、この店へ初めて来たんですか？」

「ええ、そうですすよ。ぼくもずいぶん長い間、渋谷でこの商売してますけどね、この辺じゃあんまり見かけない顔でしたね」

「やっぱり、水商売の女の人っていう感じでした？」

「そうじゃないでしょうねえ。どちらかと言えば、どこにでもいる野暮ったい娘っていう感じでしたから」

「どこへ行くなんて、口にしなかったでしょうね？」

「ええ、そりゃあもう……。こっちもそんなことを尋ねませんからね」

一瞬の糠喜《ぬかよろこ》びであった。五日の夜の、達也の行動は、この『ラブミー』というバーを壁にして、プツリと杜切《とぎ》れている。これ以上、糸を手繰ることは無理だった。

「どうも有難う。お邪魔しました」

夏子はカウンターに百円硬貨を置いた。

「レモンティ、すぐ作りますから」

バーテンの声が、夏子の横顔に飛んで来た。

「いいの、急ぐから……」

と、夏子はドアの方へ歩きかけたが、ふと思いついてバーテンを振り返った。

「ねえ、おたくの店では『赤とんぼ』のレコードかけるかしら」

「いや、うちにはそんなレコードありませんよ」

バーテンは口をとがらして、そう答えた。

「そう……」

夏子は悄然《しょうぜん》と『ラブミー』を出た。くる時よりも、肩に重味が加わっていた。何のことはなかった。達也の意味不明な行動を知り、ますます思索を混迷させに来たようなものである。

夏子は足を引きずるようにして、『ニュー渋谷』へ戻って来た。出て行った時よりも、『ニュー渋谷』は混んでいた。中二階のアベック席も満員だった。バンドの演奏と男女の野放図な饒舌《じょうぜつ》が、不協和音となって夏子の頭の芯に響いた。

席には南光夫とBGスタイルの女だけがいた。イヴニングの女の姿は見えなかった。ホステスの手が足りないのだろう。

「心配してましたよ」

南光夫が待ち兼ねていたように、夏子を迎えた。夏子がいない間に何本かのビールをあけたらしく、彼は目の縁を赤く染めていた。

「実はね、今、久留米千里をこの席へ呼んでもらったんですよ」

南光夫は、声をひそめてそう告げた。

「そうですか……」

彼が何のつもりでそんなことをしたのか分からなかった。ただ、何か別の興味があって千里を呼んだような気がした。夏子は、そんな南光夫が不愉快だった。あれほど父に可愛がられていた彼である。そして、父が死んだ最初のうちは、彼も親身になって世話を焼いてくれた。しかし、時間がたつにつれ、またアルコールが入ったりすると、南光夫もやはり第三者としての興味だけに駆られるのだろう。

夏子は今夜、特に千里に会いたいとは思っていなかった。会っても仕方がなかったし、またその必要もないのだ。

だがこの時、夏子はクリーム色と藤色の和服姿が近づいてくるのを、目の隅で捉えた。BGスタイルの女が南光夫の脇を離れて、夏子の隣りへ移って来た。千里のための席を作ったのである。千里を呼んだのが南光夫だったからだろう。

「よくいらっしゃいました」

千里は南光夫の横に坐った。夏子とは斜めに向かい合う恰好になった。夏子は目礼しただけで、正面《まとも》に千里を見なかった。

「今朝ほどは、大変失礼しました」

千里は丁寧に頭を下げた。なるほど彼女の物腰は優雅だった。和服姿がその感を強めるのかも知れないが、今朝のパジャマ姿の彼女と同一人とは思えなかった。長い髪の毛を無造作に束ねているのが、かえって彼女を上品に見せていた。

「あのう、こちらは？」

南光夫を示して、千里が夏子に訊いた。

「南さんです」

素っ気なく、夏子は答えた。同時に、南光夫が急に席を立った。

「ちょっと失礼……」

「お手洗いなら、ご案内します」

ＢＧスタイルの女が立ち上って言った。

南光夫が女に従って通路へ出て行くのを見送って、千里は夏子の方に向きなおった。

「あたし……お願いがあるんです」

「あたくしに？」

夏子はブランデイジンジャイルのコップを鼻先へ持って行った。悪い匂いではなかった。

夏子は一口、琥珀《こはく》色の液体に口をつけた。

「どんな？」

「お嬢さん、大洗へいらっしゃる気はありません？」

「なぜ？」

「あたし、明日、福島へ行こうかと思ってるんですけど、途中で大洗に寄ってみたいんです」

「…………」

「校長さんが亡くなった場所へ行って、お花でも置いて来たいんです。それで、もし出来ましたら……お嬢さんと一緒に行きたいと思って……」

福島へ行くのは、子供を産むべきかどうか、姉夫婦に相談するためなのだろう。途中で、父の冥福《めいふく》を祈りに大洗へ寄りたいというのは、年の若いに似合わず殊勝な心遣いである。

しかし、これは千里が父を純粋に愛していたからというわけではないのだ。胎児を媒介とした繋《つなが》りがある父の、死亡現場へ行ってみたいというのは、単なる女としての情に違いない。

「そうね……」

夏子は気重く考え込んだ。

明日一日は、達也の勾留期限が切れる最後の二十四時間だ。のんびり東京を離れる気持にはなれない。だが、そうかと言って、東京にいても、もうなすべきことがなかった。夏子は刀折れ矢つきたという恰好だった。夏子が直接行動すべき何ものもない。岩島弁護士が、夏子の主張をとりあげて、父の自殺説を立証してくれるのを待つばかりだ。

それも、あまり期待出来ることではなかった。先刻の感じでは、岩島弁護士は夏子の主張を重視していないようであった。

夏子はふと、岩島弁護士が、大洗の浜田屋旅館へ東京からかかった電話の内容の一部が分かりそうなので、捜査本部員が大洗へ飛んだ、と言ったことを思い出した。

大洗へ行ってみるのも無駄ではないかも知れない——と、夏子はその気になった。電話の内容というのも、自分で確かめてみたかった。また、大洗へ行ったことで、新しい着眼点を見つけ出せるかも知れない。行き詰まった夏子にしてみれば、手をつけていない部分の開拓に淡い期待を抱きたかったのである。

「そうね。朝早く行って、昼間のうちに東京へ帰って来られるんだったら……」

夏子は、けだるく言った。

何となく、身体に力が入らなかった。瞼《まぶた》が鉛のように重く、何をするのも物憂いような気持だった。だが、どうして急にこうなったのか、その原因を夏子はまだ気づいていなかった。

「行って頂けます？」

短い間、千里は目を輝かした。

「でも、このことはあまり、大っぴらに言わないで下さいね。あたし、福島へ行くなんてお店には内緒なんです。妊娠していることがお店に知れるとまずいから……」

「分かったわ」

夏子は首の骨が折れたような頷き方をした。

「じゃあ、明日の朝、八時頃に上野駅の常磐線切符売り場で……」

千里の声も、夏子には囁くように聞こえた。明日の朝、八時頃、上野駅常磐線切符売り場——と、要点だけは頭に刻み込んだが、一方では異常な早さで深い穴へ吸い込まれて行くような、意識の錯乱が始まっていた。

もう目をあいていられなくて、瞼を閉じると、この建物が大揺れに揺れ動いているように、頭の中で輪が回転していた。胃の中で火が燃えているように熱かった。

《ブランデイジンジャイルのせいだ……》

そう気がつくと同時に、夏子の脳裡は真っ暗になった。身体の均衡《きんこう》を保ってはいられなくなって、夏子はシートに横倒れに崩れた。

「どうしたんだ？」

「急に倒れたんです」

「疲れきっているんだ」

「事務所でお休みになったら？」

「運ぼう」

南光夫と千里の声を夢うつつに聞きながら、夏子はこのまま死ねれば楽だろう、と思った。

靄《もや》のようなものに包まれた思考の中で、夏子は達也を追っていた。

《あなたって妙な人ね。あなたは父と一緒にクラブ『ハイライト』や『ニュー渋谷』へ行ってたのでしょう。それなら当然、父と千里の関係を感づいていたはずね。『ニュー渋谷』に父だけ残して、先に帰ってくるほど、あなたは気を利かしていたんだから。それなのに、なぜ一言もそのことを、あたしに話してくれなかったの。あなたは、旅館で千里との時間を過してから帰ってくる父を、お帰りなさいなんて平然と迎えていたわけだわ。どうして、あたしに言えなかったの。あたしが心配するとでも思ったの。それとも、あなたの気弱さから父の不品行を告げ口することが出来なかったの。そうでなければ、粋なところを見せたわけ？　男って、よくそういう庇《かば》い合いをするものね。それが男同士の思いやり？　話が分かるっていうのは、そういうことを指すわけなの？》

父と夫がグルになっていたことが、夏子には寂しかったのだろう。霞んだ意識の中で、夏子はしきりと、そのことを達也に問いかけていた。

そのうちに、達也が目の前にいるような気がした。達也は静かに夏子を抱いた。夏子は胸に男の重味を感じ、その唇が徐々に寄せられてくるのを気配で知った。

いや、達也に抱かれているはずはない、という否定の気持と、達也に間違いないとそれに溺《おぼ》れようとする欲望が、争っていた。しかし、すぐ否定の気持が欲望を制した。夏子はポッカリと目をあけた。被いかぶさるようにして夏子の唇に触れている男の顔があった。

瞬間、戸惑いながら、夏子は本能的に男の胸を突き放した。『ニュー渋谷』の事務所の、固い長椅子から跳ね起きて、夏子は手の甲で唇をゴシゴシと拭った。

「何をするの！」

蒼白な夏子の顔は、驚きと怒りで凄味《すごみ》をおびていた。

「いや……」

南光夫は夏子の視線を避けて、惨《みじ》めに俯向いた。

事務所には二人きりいなかった。昏倒《こんとう》した夏子をここで休ませて、南光夫が一人見守っていたのだろう。かつては夏子を恋人のように扱っていた彼である。それにアルコールの力もあった。眠っている夏子の顔を瞶《みつ》めているうちに、ついそんな気になってしまったのに違いない。

夏子はすぐ怒りを解いた。南光夫の気持が分からないでもない。ここで彼を責めるのが億劫《おっくう》でもあった。ただ、気持だけは妙に空虚だった。

夏子は乱れた髪に手をやった。髪はヘアブラシがなければおさまらないほど散っていた。

南光夫が自分のクシをとり出して、それをハンカチで拭うと、夏子に差し出した。

夏子はそれを無言で受け取った。壁の鏡の前へ行って、髪にクシをあてた。男物のクシは髪をひっかけて使いにくかった。夏子は鏡の中の自分を睨《にら》みつけるようにして、髪をすいた。

俯向いたまま事務所を出て行く南光夫の後姿が鏡に映った。ドアの開閉に従って、ワッという騒音が聞こえ、一瞬で消えた。

壁の電気時計が、十一時三十分を示していた。あと三十分で、今日の終りだった。

第四章　泡

1

最後の日が来た。いや、結果次第では、夏子にとって別の意味での最初の日になるかも知れない。

昨夜十二時すぎ、『ニュー渋谷』から帰って来た夏子は、布団の冷たさと北風の鋭い悲鳴にやはり熟睡することは出来なかった。

夢を見ては目をあき、そのうちにまた夢を見るという仮睡の反復だった。

東の窓が白み始めた頃《ころ》、夏子はもう布団をぬけ出していた。身体がとめようもなく震えるのは寒さのせいばかりではなかった。冷たいのは肌ばかりで、身体の中は火照《ほて》るように熱かった。これは、過労と衰弱がはなはだしいからである。

夏子は洗面所の窓をあけた。氷が気体化されたような空気が流れ込んでいた。夏子はそれを吸った。体内に充満した熱っぽいガスが消されて行くような気がした。

夏子は目を窓の外に注いだ。冷たい風に目が痛かった。黒土の空地は、霜で被われていた。そのせいか、地面がそっくり、ふっくらと盛り上っているように見えた。

その向こうの畠《はたけ》一面も、瑞々《みずみず》しく湿っているようであった。畠から工場の塀にかけて、遠く靄《もや》に霞《かす》んでいた。夏子は『牧場の朝』という小学唱歌を思い出した。土の匂《にお》いとも靄の匂いともつかない臭気が、うっすらと匂った。

夏子は不思議と落ち着いていた。昨日までよりは焦りが弱まっていた。一種の観念というものだろうか。

その代りに、悲壮感のようなものが胸にあった。だが、そんな夏子の悲壮感など無視するように、朝は透明な美しさを増して行った。

夏子は何かを食べなければいけないと思った。トーストを焼き、紅茶をいれた。だが、喉《のど》を通ったのは紅茶だけだった。食物が喉を通るのは、身体全体が拒んだ。

七時前に、夏子は支度を整えた。支度と言っても、ただ洋服を着てオーバーを羽織っただけである。旅行というほどのものではない。荷物を持つ必要はなかった。

夏子は部屋中を見回した。壁にかけてある達也の丹前や、机の上にある彼の革カバンには、特に執着の視線を注いだ。まるで、この夫婦の部屋に訣別《けつべつ》するような夏子だった。

机の上に投げ出してあった雑誌を、夏子は手にした。達也が買って来たものである。週刊誌の別冊だった。『犯罪特集』と表紙に大きく出ていた。達也が買ってくる雑誌だけに、あまり高級な読物は載ってないようだった。半月以上も前から、机の上に投げ出してあったのだが、夏子はこの雑誌を持って行くことにした。汽車の中で読むつもりである。千里と話すこともないだろう。持って行くにも、達也が買って来た雑誌という愛着があったからだ。じっくり読んでみたかった。

七時になると、夏子は家を出た。上野駅まで約一時間で行ける。電車はラッシュアワーで混雑していた。夏子は懐しかった。統計局へ通勤している時は、毎朝のことだった。すし詰めの電車の中にいると、これから統計局へ出勤して行くのだと錯覚しそうだった。

八時五分すぎに上野駅に着いた。国電のホームから連絡口にかけて、近県からの通勤者が押し合いへし合いしていた。

夏子は駅構内のドームの下へ出た。列車を待つ乗客は、まだ列を作っていなかった。八角形の対角線を描くように、勝手な方向へ人が行き交っていた。

常磐線の切符売り場で、千里が待っていた。ベージュ色のオーバーに、黒いストールを頭から肩へ巻いている千里の姿は、遠くから見えた。右手にボストンバッグを下げている。福島へ行く彼女は、さすがに旅装だった。

「八時十七分発の一ノ関行きがあるんです」

夏子が近づくと、千里は買ってあった切符を差し出した。

「有難う。お払いするわ」

「あとで結構です。それより急ぎましょう」

千里は夏子の背を押すようにした。

二人は改札口へ向かった。言い合わせたように、二人とも真直ぐ前を見て歩いた。急テンポのヒールの音だけが一つに重なっていた。

列車はすいていた。朝の下りであり、それに各駅停車の鈍行だった。乗客たちも、急ぎ旅の人は少ないと見えて、のんびりと煙草を吹かしたりしていた。

車内は静かだった。咳《せき》ばらいが聞こえる程度で、話し声もその静かさに遠慮してボソボソと低く交されていた。夏子は千里と向かい合って、窓際の席に坐った。スチームに冷えていた脚がポッと暖まった。

千里は網棚にボストンバッグを載せると、席につきながらストールを解いた。

「東京を離れるなんて、久しぶりですわ」

千里はもの珍しそうに、動いていない列車の窓の外を眺めた。

「父と一緒に、大洗へいらしたことなかったの？」

「いいえ、行きませんわ。旅行なんてしたことないんですもの」

「父は、どうして大洗へなんか行ったんでしょう」

「多分、人の話から大洗を思いついたんじゃないかしら」

「大洗から来た人がいるんです」

「ええ。クラブ『ハイライト』の女の子に、大洗から来た人がいるんです」

「その人が、父に大洗のこと話したの？」

「あたしのテーブルへ、その人がヘルプで来た時に、大洗のことを話してました。浜田屋旅館が感じがいい、なんてことも。校長さん一度行ってみたいって言ってましたわ」

列車は間もなく発車した。

夏子はシートに身体をあずけて、見るともなく走り去る窓外の風景に目をやっていた。眠ればいいと思ったが、やはりそうは出来なかった。眠ろうとすれば、かえって瞼の裏が痛くなり、目をつぶっていられなかった。

土浦あたりまで、夏子はそのままの姿勢でいた。いつの間にか千里は、かたむけた顔を肩に載せて目を閉じていた。

夏子は持って来た週刊誌の別冊をひろげた。

『完全犯罪を夢見た女。荒川の夫殺し事件』

『見せたのは女が悪い。高校生凌辱《りょうじょく》事件』

『骨を抱いて三年間。横浜愛児殺し事件』

『老いらくの恋の執念。品川の無理心中事件』

と、どぎつい見出しばかりが並んでいた。ところどころに事件の写真が載っている。ページの間から血の匂いでもしそうで、空っぽの胃でも嘔吐《おうと》をもよおした。

夏子は雑誌を閉じた。裏表紙には、ビタミン剤と自転車の広告が載っていた。ビタミン剤のビンをかかえている赤ン坊の顔が可愛いので、夏子はしばらくそれを眺めていた。

そのうちに、夏子は赤ン坊の顔を浅い溝が走っているのに気がついた。所在ない夏子の気持が、何だろうという疑問を抱かせた。退屈な時の研究心だった。夏子はその裏表紙に目を近づけた。

溝は赤ン坊の顔にあるだけではなかった。広告文句の黒い字の上にも、茶色のビンの表面にもあった。更に、下の自転車の広告欄にも溝が散見出来た。

やがて、その溝が字の跡だということが分かった。この週刊誌を下敷きにして、紙に書いた字が、そのまま柔らかい紙質の裏表紙に刻み込まれたのである。

溝の太さから考えて、鉛筆で書いた字のようであった。

夏子は、一体何と書いてあるのか興味をそそられた。この雑誌は達也が買って来たものである。すると、この雑誌を下敷きにして書かれたものも、達也が書いたということになる。どうせ、悪戯《いたずら》書きのようなものには違いないが、それでも達也が書いたものを読むということは、彼に触れるようなものである。

夫の長い留守に、悪意ではなく懐しさから、夫の見せたがらない持ち物を盗み見ようとする妻の気持に似ていた。

夏子は、週刊誌の裏表紙を斜めとか水平にとか、位置を変えてすかし見した。光線のあたる工合で、溝がハッキリとするのである。

いちばん右の行にある文字は三字だった。それも、三字は大分間隔をおいて書かれてあった。読みにくかったが、判読するとその三字は、

『転勤願』

となった。

夏子が予期していたものとは違って、現実的な文字が現われたのである。夏子は眉《まゆ》をひそめた。『転勤願』と達也を咄嗟《とっさ》に結びつけることは出来なかった。だが一方、転勤願と達也は実際面において大いに関係があるのである。

商人と『転勤願』、医師と『転勤願』では全く異質のものの接着である。しかし、達也と『転勤願』は、一つの生活の中にあるのも同じだった。

東京地方統計局より上級の機関への転勤は、願書を出しても実現されることはまずない。だが、地方統計局は札幌、仙台、長野、大阪、広島、高松、福岡、と東京以外に七局ある。この七局への転勤願なら大いに歓迎される。地方から東京への転勤希望者は多勢いる。その人たちと配置転換されるわけだ。

東京地方統計局では、この七局へ転勤することを『都落《みやこ》ち』と呼んでいる。つまり、東京地方局に居辛いような失敗をした若い職員たちが、転勤を希望して四国や九州の他局へ

逃げ出して行くことがあるからだ。

だから、達也が転勤願を出したからと言って、理窟《りくつ》の上では少しもおかしくないのだ。

だが、夏子にとっては意表外なことであった。なぜ達也が、転勤を希望しようとしたのか。その理由が分からない。それも、夏子に一言も相談をしないでである。まさか、達也は夏子を東京に残して、自分だけ転勤を希望しようとしたはずはない。

夏子は、二行目からの溝の判読を始めた。今度はいささか真剣であった。

二行目からは字数が多くなり、読みとるのが困難になった。しかし、『転勤願』であることが分かっていれば、文の形式や内容に幾らか察しがついた。

『今般私儀、義父木塚重四郎が不名誉な中傷を受けそれを苦に自殺を遂げ――』

二行目から三行目にかけて、そう書いてあった。

夏子は顔色を変えた。頰《ほお》の肌寒さがはっきりと分かった。父が不名誉な中傷を受け、それを苦に自殺を遂げ――達也は、なぜこんなことを予知していたのか。

この雑誌を買って来たのは、父の死の知らせを受け取る以前だったではないか。そしてその後、達也にはこの雑誌を下敷きにして、字を書くような暇は全くなかったのである。

しかも、達也は父の死を、不名誉な中傷を苦に自殺、と断言しているのだ。

『それが当局において他殺と判断され、私が容疑者として逮捕されました。不幸なことに、妻木塚夏子は父の死と私が犯罪者として扱われるという二重の災いに絶望、父を追って自殺しました――』

夏子の身体中の皮膚が凝結した。

勿論《もちろん》、こう読みとったのは正確とは言えなかった。判読出来ない字もあったし、溝が消えている部分もあった。しかし、このような意味のことが書かれたのは間違いなかった。

父のあとを追って自殺――というあたりは、念を入れて幾度も読みなおした。だが、溝がどうしてもそういう文章を形造ってしまうのである。

父のあとを追って自殺――。現に、夏子はこうして生きているではないか。

夏子の胸の奥に痙攣《けいれん》があった。

『私と致しましても、不幸な過去を忘れ、新しく出なおして職務に邁進《まいしん》するため、高松地方統計局に転勤致したく、右お願い致します。

昭和×××年十二月二十四日
統計事務官　木塚達也』

後半を判読すると、こうなった。

転勤願の提出月日は、今日の日付けになっている。

夏子は笑おうとした。声に出して笑いたかった。しかし、筋肉が硬直したように唇も顎《あご》も動かなかった。

《悪戯書きだ》

強いてそう思いたかった。

勾留《こうりゅう》されている達也が、今日の日付けで役所へ転勤願を出すはずがない。それに、生きている自分が自殺したなんて——夏子は、縋《すが》りつくような気持で自分の胸に語りかけた。そうでもしてないと、このまま立ち上って行方も定めずに駈《か》け出したくなるような気がするのだ。

父が自殺。

自分が容疑者になる。

それに絶望して夏子が自殺。

だから四国の高松へ転勤したい。

これらのことを、達也はどうして、半月以上も前に書いたのか。恐らく、これは正式な転勤願の下書きに違いない。正式文書は毛筆で書くのだし、この雑誌を下敷きにして書いた字は鉛筆によるものだったからだ。

《考えまい》

夏子は目を閉じた。頭の中で何かが崩れて行く。血行が全くとまったように、身体が石みたいに沈黙していた。

気の強い性格は、木の枝のように折れる時も脆《もろ》かった。鉄線のように張っていた気持だけに、切れた瞬間にはピンと弾じけ飛んで、胸の壁に激痛を与えた。

具体的には解釈が出来なかった。ただ、一途に達也を救おうと努力していたことが、間違っていたという漠然とした判断だけがあった。

「水戸です」

千里に膝《ひざ》を叩《たた》かれても、しばらくは夏子の死んだ目に反応が起きなかった。

2

水浜線に乗り換えて、大洗に着いたのは十二時前である。

遊園地の子供電車の駅のようなホームに降り立つと、黒に近い紺色の海が見えた。電車は大洗の町中を通り過ぎて、大洗海岸の山の上まで来ているのだ。

駅を出ると、広い砂利道だった。海岸沿いに旅館やホテルが散在している。道の下はなだらかな崖《がけ》になり、その斜面に松林が広がっていた。松林の切れるあたりから白い砂浜が続き、海中へ突き出た黒い岩が海を受けとめていた。

さすがに日の出で有名な海だけあって、眺望は無限であった。水平線の長さを、一定の視界で計ることは出来なかった。

東京にいては、これだけ広い海を見ることは出来ないだろう。海と言うより、太平洋と呼びたくなる。

海は厚味をおびて、波が重そうに打ち寄せていた。岩の根本のあたりでは、目にしみるような白い波が砕けている。

海に何一つ浮かんでないのが、いかにも冬の海を思わせた。液体というよりむしろ固体のような濃紺の海原は、茫洋《ぼうよう》として横たわっていた。

夏子は道の端に立って、海を瞶めた。冬の大洗は観光客も少なく、だだっ広い道に人影がなかった。どの旅館も、眠っているようにひっそりとしていた。

波の音と、海から正面《まとも》に吹きつけてくる潮風が鳴るだけだった。

「広いわ、海が……」

千里が傍《かたわ》らで言った。風に吹き流されそうになるストールを押さえている。気がつくと、千里のオーバーは、黒いコートに変っていた。ベージュ色のオーバーの裏が、黒いコート地になっているのだろう。彼女は、オーバーを裏返して着なおしたのだ。

「あのあたりじゃないかしら？」

千里は下の松林の一角を指した。父が死んだ場所のことを言ってるのだ。なるほど、その松林の一角のすぐ上に、『浜田屋旅館』という看板が見えていた。

「行ってみましょう」

千里は先に立って、崖の斜面をおり始めた。夏子は緩慢な意志の動きで、それに従った。

松林の中へ入ると、日向臭《ひなたくさ》いのと松の脂の匂いが漂っていた。風の音を強く感じるのは、松の梢《こずえ》が風を吸い込んでいるからだった。

しばらく歩くと、山村暮鳥の詩碑が建ててあった。山村暮鳥の詩碑と分かったのは、案内の木札があったからである。

夏子は、海を向いて黙念と立っているこの詩碑が、父のような気がした。

父が縊死《いし》した松の枝はどれか、見当のつけようがなかった。どれを見ても、そう見えるのである。

「ここのあたりでいいでしょう」

千里はボストンバッグから貧弱な花束をとり出した。

枝ぶりのいい松の木の下で、人が一人寝られるくらいの窪《くぼ》みが、枯れた雑草の中にあった。誰《だれ》かが自殺した場所、と想像出来そうなところだった。

東京から運ばれて、すっかり新鮮さを失った小さな花束を、千里はその松の木の根元に立てかけた。

夏子は千里に背を向けて、海に向かって合掌した。

合掌しながら、夏子は浜田屋旅館へ東京からかかった電話のことを思い出した。夏子の胸には、既に疑惑の気泡《きほう》が膨脹しきっていた。だが反面、これ以上何かを調べることが恐ろしくもあった。

《達也……》

と、夏子は三度繰り返して呟《つぶや》いた。繰り返しているうちに、熱いものがこみ上げて来た。夏子はそれを嚙《か》み殺しながら、顔をそむけて、

「ちょっと行ってくるわ」

と、言った。

「どこへですか?」

千里はボストンバッグのチャックを締めていた。

「お洗面、借りるの」

小さく嘘《うそ》を言って、夏子は『浜田屋旅館』の看板の方向へ斜面を走った。

短い距離を走っただけで、浜田屋旅館の入口に着いた時は、夏子の胸は激しく波打っていた。夏子は、息の乱れがおさまるのを待って、浜田屋旅館の玄関を入った。

玄関の外に、小さいながら駐車場が設備してある旅館だった。玄関も、豪華な衝立《ついた》てなど飾ってあって、なかなか立派である。自然石を紫色のタイルで固めた三和土《たたき》が、上《あが》り框《がまち》を三方から囲んでいた。

三和土にうち水がしてあって、玄関の中へ入ると空気がひんやりと頬に冷たかった。客は少ないと見えて、棚にスリッパがギッシリと詰まっていた。

番頭らしい男が、衝立ての蔭《かげ》から顔を覗《のぞ》かせると、慌てて上り框へ出て来た。

「いらっしゃいませ」

と言われる前に、夏子は、

「お尋ねしたいことがあって、東京から参った者ですけど……」

と声を張った。

「はあ……」

番頭は不安そうな顔をした。父のことがあってから、警察の訪問を度々受けただろうし、旅館としても神経を尖《とが》らしているに違いない。

「あたくし、この下の松林で亡くなった木塚重四郎の娘なんですが……」

「は？　あの……人」

番頭は驚いたようだった。

「その節はいろいろとご迷惑をおかけ致しまして……」

「いや……。そうですか、そりゃどうも、大変なご災難でしたなあ」

同情的な番頭の口ぶりだった。彼は父が殺されたものと思い込んでいるからだろう。そうだ。夏子にしても、父は殺されたのだと信じていた。ただ、達也を救いたい手段として父の死を自殺と仮定して考えたのだ。

しかし、その自殺という仮定は、仮定ではなく事実だったのだろう。父は間違いなく自殺だったのだ。これは、夏子のみが言えることだった。少なくとも、達也があのような転勤願を書いたことを知ってからの夏子のみが。

「それで、お願いなんですが……」

夏子は番頭を瞶《みつ》めた。

「どんなことで？」

「多分、昨日あたり警察でも聞き込みに来たと思うんですけど……」

「ああ、来ましたよ。五日の夜、東京から木塚さんにかかった電話のことでしょう？」

「そうなんです」

「あのことは、うちの方から警察へ届けたんですよ。二、三日前に、うちの交換手が実はあの電話の初めの一部分をつい小耳にはさんでしまったと、ポロリと洩《も》らしたんですよ。そりゃ大変だって、うちのご主人が警察へ連絡しましてね」

「その交換手の方、いらっしゃいますか？」

「いやあ……」

「会わせて頂けないでしょうか？」

「それが、それ以来ひどくそのことを苦にしてしまいましてね。うちのご主人からも、なぜもっと早く言わなかった、と責められたりしたもんですから。何しろ若い娘なんで、思い詰めてしまったんでしょう。昨日は警察の質問に答えましたが、今日から当分休ませてくれって、出て来てないんですよ」

「その人、大洗に住んでいらっしゃるんですか？」

「ええ、大洗の町の娘なんですが……」

番頭は、トックリのセーターの上から着込んでいる旅館の半纏《はんてん》の襟を、両手でしごき上げて、夏子を見上げた。

「しかしですね。お嬢さん。あなたがお知りになりたいのは、その交換手が耳にしたという電話の内容なんでしょう?」

「そうです」

「それなら、わたしだって知ってますよ。この旅館の者は、みんなもう暗記したみたいなもんですよ」

「そうですか。教えて頂けます?」

夏子は安堵《あんど》した。電話の内容さえ分かれば、それを誰の口から聞こうと構わない。口の軽そうな四十男は、それでも真顔になって言った。

「男の声なんですがね。もしもし、ぼくです……大変なことになりました。失敗したんです。出血多量で、二時間ほど前に死にました……と、交換手が耳にしてしまったのは、ここまでなんですが」

「有難うございます。それから恐れ入りますが、東京へ電話をかけたいんです」

「はい。わたしが申し込んで上げましょう。何番です東京の?……」

番頭は気軽に立って、衝立ての横にある電話機のところへ行った。

夏子は手帳をくって、誠心館の電話番号を番頭に告げた。

「特急でお願いします」

そう付け加えると、夏子は上り框に腰を下して、揃《そろ》えた脚を斜めにかたむけた。

《大変なことになりました。失敗したんです。出血多量で、二時間ほど前に死にました……》

夏子は玄関の外を眺めた。駐車場の日溜《ひだ》まりに、枯葉や紙屑《かみくず》が吹き寄せられていた。

もし、その電話をかけた男が達也なら、彼は何を父に告げようとしたのだろうか。

電話の内容は、人の生死に関することの報告だった。いや、誰かの死んだことを通知する連絡である。

達也と父が知っている人間なら、当然夏子も知っているはずだった。しかし、その頃、夏子が知っている限りでは、知人の死の報には接していない。

達也と父の共通の知り合いで、夏子だけが知らない人間――そんな人間は、どう考えてもいなかった。

出血多量で二時間ほど前に死亡というならば、急死である。そして、大変なことになりました、失敗したのです――。

失敗したというのは、何を失敗したのか。出血多量という言葉に結びつければ、手術に失敗したと解釈するのが妥当である。

しかし、どうしてそのことを、達也がわざわざ大洗にいる父の許へ急報しなければならなかったのだろうか。しかも、まるで、そういう結果になったことが父の責任でもあるように、いきなり大変なことになった、と言っている。

父はあの日、東京である人の手術が行われることを知っていて、その結果を憂慮していたのだろうか。

電話をかけて来た男が達也でなければいい——と、夏子は祈りたい気持だった。だが、それは九分通り空しい祈りに違いなかった。

電話のベルが鳴り、受送器をとった番頭が、

「お嬢さん、東京が出ましたよ」

と言った。

夏子はコの字型の三和土を回って、電話のところへ行った。

「もしもし……」

「はい、誠心館でございます」

交換台らしく、馴《な》れた口調の女の声であった。

「出版部営業課の藤代さんをお願いします」

夏子は、神経質そうな藤代の白い顔を思い浮かべた。

「はい。あなた様は?」

「木塚と申します」

「お待ち下さい」

電話はすぐ藤代の声と代った。

「もしもし、木塚さんですか？　あなた困るじゃありませんか！」

急き込むように藤代の憤慨している声が響いて来た。

「何がです？」

夏子は冷静に訊《き》いた。

「何がって……あれだけ約束したじゃないですか。うちの社と木塚先生の特殊な関係については口外しないって。それを一方的に破るなんて、けしからんですよ、あなたは。昨日今日と、弁護士やら警察やらが、押しかけてますよ。『つぼ半』へも警察が聞き込みに行ってるんです。一体どうしてくれるんです。この始末は！」

藤代は凄《すご》い剣幕だった。若い彼のことだから、大分感情的になっているようだ。

誠心館や『つぼ半』に警察が改めて聞き込みに行ったのは、岩島弁護士が夏子の主張に基いて一応の手を打ったためだろう。

《だが、もう遅い……》

夏子は、受送器に囁いた。

「え？　何です？」

藤代が聞き返して来た。

「いいえ、何も言いません」

「とにかくね、あなたがそういう態度に出たんですからね。ぼくの方も約束は守りませんよ。木塚先生が自殺を匂わしたなんて、証言しませんから。いいですね?」

「結構ですわ」

「え?」

「父は、事実自殺したんです。その自殺の原因を裏付けるために、あなたの社の供応問題は当然明るみに出されますわ」

「本当ですか! お嬢さん」

藤代の声は甲高《かんだか》くなった。

「本当です。父は自殺したんです」

「そうですか……」

藤代の語気も鈍った。

「お尋ねしますけどね。藤代さん」

代って夏子の語調が鋭くなった。

「あなた、あたくしの夫と、どういう関係だったんですか?」

「は?」

「木塚達也……いいえ、野村達也と、どういう知り合いだったのです？」

「幼な馴染《なじ》みです。彼の実家の下駄屋さんとは二軒おいた隣りに、ぼくの家があるんです……」

「それで、夫を通じて父に接近したわけですね？」

「ええ。彼が木塚先生のところへ婿《むこ》養子に行ったと知ったものですから、渡りをつけてくれるよう頼んだんです」

「それは、いつ頃ですか？」

「先月の初旬です」

「そうでしょう。父はああいう性格です。余程の義理がない限り、そんな危険なことをしない人です。父も自分の娘の夫だと思うから、達也の頼みを容れて、あなたがたと会ったのでしょう。あたくし、先日お会いした時、父に紹介した人の名前をうっかり聞き忘れましたけど……」

「それで、よく彼が紹介したのだと分かりましたね」

「ある事情がありましたから……。で、達也も勿論、『つぼ半』の宴席にも顔を出していたんでしょうね？」

「ええ。しかし、そのことがどうかしましたか？」

「あなたがたは夢にもお考えにならないでしょうけど……。供応その他のことを、教育委員会に電話密告したのは達也です。あたくしの夫です」

「何んですって！」

藤代はもっと何か言いかけたが、夏子はそのまま電話を切った。

《やっぱり……》

努めて冷静を保っていたが、電話を切った瞬間から夏子の虚勢は崩れた。

夏子は放心したように電話機から離れた。三和土にペタリと坐り込んでしまいたかった。

『つぼ半』の主人が言っていた、あの晩の会合に加わったのは四人、木塚先生と津田さん、藤代さん、それにもう一人無口な若い男——その無口な若い男は達也だったのだ。

達也は黙りこくって、時たま卑屈な笑いを見せながら、胸の中で教育委員会への密告電話のことを考えていたのだろう。

お茶代として、二千円ばかり包むと、夏子は浜田屋旅館を出た。番頭は夏子の顔を窺《うかが》うようにして見送った。

あとは、東京から父の許へかかった電話である。少なくとも、誠心館の供応問題だけでは父を自殺に追い込むことは無理だったはずだ。

そのことは確かに、父の心の負担にはなっただろう。だから、父は大洗へくる気にもなったに違いない。達也にしても、父を大洗という自殺の場所へ追いやることが出来た。

しかし、この父に追い討ちをかけるようにして、より以上の衝撃を与えることが出来たのが、例の電話なのだ。その内容から言っても、相当に深刻な事柄である。父はこの電話によって致命的な一撃を受け、その数時間後に死を決意しているのだ。

それにしても不可解なのは、達也の意図である。達也はなぜ、父を殺したような疑念を誘って、容疑者としての勾留に甘んじているのだろうか。

夏子は、惰性で歩いているように、斜面を下り松林に近づいた。

この時である。夏子は無意識に追い求めていたある種の音波を、はっきりと聴覚で捉《とら》えた。それは、待っていた終業のベルを聞いた時のようであった。

失われた夏子の表情は、以前よりも引き締まって現われた。一旦《いったん》足をとめて耳をすませたが、すぐまた夏子は歩き出した。

夏子は聞こえてくるハミングに引きつけられるように、松林の中へ入った。

千里が松の幹に右手を突いて、海を眺めながらハミングを続けていた。ハミングのメロディは『赤とんぼ』であった。

「ずいぶん、長かったんですね」

夏子の気配に振り返った千里は、ハミングをやめてそう言った。

「赤とんぼっていう曲、好きなの?」

夏子は、あどけない千里の顔を直視した。

「ええ。大好きなんです。子供の頃から」

「今でも、時々歌うの？」

「鼻唄《はなうた》なんですけど、暇さえあればいつもこの曲を歌っているんです」

「そう」

「どうしてですか？」

「あたくしの夫も、赤とんぼの曲をよく歌うわ」

「はあ……」

一瞬、千里の表情が硬化したが、すぐ彼女は微笑を漂わせた。

「あの、高い岩の上へ行ってみません？」

千里が指さす方向を目で追うと、一段と盛り上っている岩が見えた。岩の下にも無数に小さな岩塊があり、噛み合う波が白い水煙りを上げていた。

「あの岩の上へ行って、どうするの？」

「どうするって……ただ、行ってみるだけなんです」

千里は曖昧《あいまい》に笑った。

夏子は今、何もかも分かったような気がした。父のところへ達也がかけた電話の意味も、達也が容疑者らしく装って勾留を長びかせているわけも、そして、千里が夏子を大洗へ誘った目的も。……全ては、達也のあの『転勤願』の内容を、そのまま事実とするためなのだ。

「あの岩の上へ連れて行って、あたくしを突き落としたいんでしょう?」

夏子は海へ目をやったまま、他人事のように言った。

「そんな……!」

瞬間、息を呑《の》んでから、千里はかすれた声を出した。

「そう。今日にでも、あたくしが海へ落ちて死ねば、あの人の『転勤願』の理由通りになるわ。父は自殺した、夫は容疑者として勾留されてしまった。一人とり残された妻は、絶望して、父が自殺した同じ場所の大洗で、父のあとを追う……。世間は無理もないと納得するでしょうね。夫とあなたは、父とあたくしが自殺するべき状況を設定したのね。うまいわ。父の自殺が、そのまま、またあたくしの自殺の原因になるんですものね」

「お嬢さん!」

「もう猿芝居はやめましょうよ。とても疲れたわ。それより、何もかも話し合うことよ」

「だって……」

「あの烏山の土地がそんなに欲しいなら、あげてもいいのよ。父が死ねば、あの土地は夫とあたくしの共有財産よ。夫だって、あの土地を売り払う権利ぐらいあるんだもの」

「何が何だか、さっぱり分からないわ」

「あなた、それより早くそのお腹の子を始末した方がいいわ。あなたは妊娠中絶の手術に失敗して、出血多量で十二月五日に死んでいるはずなのよ……」

「………」

「父はそんな電話を真に受けたのね。それも当然だわ。あなたとの関係を知っている唯一の人間で、おまけに自分の娘の婿からの電話だものね。誰だって疑わないわ。ただ、可哀《かわい》想《そう》なのは、その連絡を受けてからの父の気持よ。苦しかったでしょうね。三十も年下の昔の教え子を妊娠させた、その女が嫌だと言い張るのを無理に中絶の手術をさせた、その手術が失敗して女は死んでしまった——。父としては二度と世間に顔向け出来ない決定的な汚点だわ。人殺しも同じなんだもの。父はきっと、あなたにすまないと詫びながら死んで行ったのよ。父は、中絶がすんだら、あなたと別れるつもりだったんだわ。だから、あなたの写真を破り捨てて……。そのくせ、あなたの記念品らしいカメラだけは手放せずに、大洗まで持って来てたのね」

「………」

夏子は、針を撒《ま》いたように細かく日射しを反射させる海に、目を細めた。

ポケットへ差し込んだ手に、さわりつけないものが触れた。とり出してみると、昨夜『ニュー渋谷』で借りたままになっていた南光夫のクシだった。

「あなたと、あたくしの夫は、ずっと前からの知り合い？」

夏子は掌のクシを瞶めた。

「いいえ」

「父と、どっちが先？」

「校長さんの方です」

「父が達也を連れて行って、初めてあなたと知り合ったの？」

「そう」

「土地のことは、誰から聞いたの？」

「校長さんよ。バラ園を造るって大得意だった。あたしにも少し分けてやるなんて寝言を言ってたわ」

突然、千里の言葉使いが粗雑になった。それは、夏子の指摘を認めた証拠でもあった。

「そのうちに、あんたの旦那《だんな》と親しくなったわ。土地の一部をくれるなら、いっそのこと全部欲しいって話したの。そうしたら、あんたの旦那、もの欲しそうな顔をしたわ。それで、その土地を正当に頂いて、売ったお金を半々にしようって相談を持ちかけたのよ。最初のうち、あんたの旦那は顔色を変えたわ。でもそのうちに、絶対安全な方法があると保証したら乗り気になったわよ」

「いつ頃から計画したの？」

「先月の初めかな。何しろ、あたしが妊娠したって分かってからよ」

「達也の仕事は、父を殺したような印象を与えて十日間の勾留期間に耐えることね。そのうちに、あなたがあたくしを殺す。達也は、とっておきのアリバイを提出して釈放されるってわけね。あの晩、達也は『ニュー渋谷』で父に電話してから、バーで二人の女の子と待ち合わせた。恐らく、あなたの友達かなんかでしょうね。それから、あなたのアパートへでも行って、『ニュー渋谷』を退《ひ》けて帰って来たあなたと四人で酒盛りでもしたんでしょう。きっと、赤とんぼの歌でも大いに歌ったんでしょうね」

「断わっておくけどね、あんたの旦那に抱かれたのは、ただの一度よ。それも、旦那ったらね、ブルブル震えながらさ」

「その時、あなた達也のクシを借りたでしょう？　そして、借りっぱなしだったクシを、今度は父とどこかの旅館へ行った時、父に貸したでしょう？」

と、夏子は南光夫のクシを、目の前でヒラヒラと振った。

「達也はもう釈放されたかしら？」

「夕方近くだろうな。そういう約束になっているから」

「そう。それでも、まだ、あなたはあたくしを殺すつもり？」

と、夏子は千里の方へ向きなおった。千里は答えなかった。しかし、千里の目には異様な熱っぽさがあった。それは、殺意かも知れなかった。

「でも、そんなことしても無駄よ。あなたたちの計画には、幾つも穴があいているわ。その穴から既に水が洩れ始めているのよ。あなたたって本当の悪人ね。だけど、あなたは憎めないわ。あたくしが心から憎むのは、達也みたいな人間。あたくし、結婚前だったけど、達也が役所の廊下で財布を拾うのを見たの。達也はその時、まるで未練がないように、これを届けてくれって、あたくしに渡したの。あたくし、気持のいい人だって感心したわ。でも……もし、あの時、誰も見ていなかったら、達也は財布をポケットに入れて、素知らぬ顔で同僚たちの話の仲間入りしていたでしょうね……」

夏子は、ひとり言のように話し続けた。話しながら、ひどく気持が虚《うつ》ろだった。感情が失くなったように、怒りも哀しみもなかったが、ただ空しかった。

夏子の目に、近づいてくる制服警官と浜田屋旅館の番頭の姿が映った。夏子の様子がただごとではないと察した番頭が、自殺する恐れがあると思って警官を連れて来たのだろう。

夏子は、警官も番頭も、そして千里をも無視したように歩き出していた。

海と風が、夏子を見送った。

3

急行で、夏子が東京へ帰って来たのは四時三十分であった。岩島弁護士に電話して問い合わせると、達也は一時間ほど前に、アリバイが確定したので釈放になり、引き取りに来てもらった統計局の人事課長と、四谷の統計局へ向かったということだった。

役所の退庁時間には間に合いそうである。夏子は四谷へタクシーを飛ばした。

達也は人事課の部屋にいるはずだった。夏子は静かにドアをあけた。人事課長の席の周囲には人垣が出来ていた。好奇心で集まった局員たちの顔は、どれも笑っていた。二、三の課長も覗き込んでいるし、組合の連中の顔もあった。

「まあ、とにかくよかったね。不幸中の倖《さいわ》いだった」

人事課長の、これが結論だというような声だった。

「みなさんのお蔭です」

人垣で姿は見えなかったが、例の口の中でものを言うような達也の声である。

「それにしても局側は誠意が不足だったな。木塚君を救うために積極的な手段をとるべきだった」

これは組合の長谷川書記長だった。

「そういう組合も、案外冷たかったじゃないか」

課長の一人が言い返した。

「いや、組合としては、求められればあらゆる手段をつくすつもりでしたよ、課長」

「どうだかね」

「われわれは、あくまで木塚君の無実を信じてましたからね」

「そりゃ、局側だってそうさ。第一、木塚君が、そんな大それたことが出来るかどうか、考えても分かるじゃないか」

人垣がドッと沸いた。

「これから、気持が落ち着き次第、職務に専念しますから、よろしくお願いします」

達也がそう言っている。勤勉で、実直で、誠実な下級サラリーマンの声であった。

「うん。何か心配があったら、遠慮しないでドシドシ言ってくれ給え」

人事課長が達也の肩でも叩いているらしい口調だった。

「ええ。心配なのは、家内のことなんです」

「奥さん、どうかしたのかね？」

「どうも、行方が分からないらしいのです」

「そりゃ大変だ、君。奥さん大分参っていたようだから、もしものことがあったら……」

人垣は急に静かになった。それぞれが、夏子の死を予感しているような表情だった。

「あたくし、ここにいます」

ドアの前で、夏子が言った。

人々は一斉に振り向いて、人垣が二つに割れた。その奥に、ソファに坐り込んでいる達也の顔があった。達也の表情は醜く歪《ゆが》んで、その顔色はみるみるうちに壁色に変った。

達也の視線をねじ切るようにして、身をひるがえすと、夏子は人事課の部屋を出た。

この三日間、自分は何をして来たのだろう——と、夏子は歩きながら真剣に考えていた。人生とは浪費の連続なのだろうか。愛も夫婦も努力も金も、全てが無意味のように思えた。

大洗海岸に打ち寄せる波の泡立ちのように、一切が夏子にとって『無』であった。そして、自分も泡のように、このまま消えてしまいたかった。

四谷界隈《かいわい》のクリスマス・イヴは、珍しく聖夜らしかった。

Closing

有栖川有栖

※本編を読了後にお読みください。

Introductionで引用した作者のコメントには、結末を暗示してしまわないように省いた前段がある。〈夫婦とか愛情とかいうものの残酷さ、はかなさを推理小説的手法でもって書いたもの〉という一節だ。

これを読んでしまうと、夫婦のどちらかが相手を裏切る物語が予想され、勘のいい読者が真犯人を見抜きかねない。夫が無罪放免されることを願い、父の死が自殺だったことになればすべては丸く収まるのに、とまで考えるヒロイン・夏子が裏切られる側であることが見えてしまいそうだ。

この裏切りは夏子にだけ降りかかるのではない。彼女に寄り添って声援を送りながら読み進んだ読者もまた、最後で盛大に裏切られて驚く。それが『泡の女』という作品である。

ミステリ作家は、思いついた新奇なトリックを最大限に活かせるように物語を創ったり、別々に浮かんだトリックと物語を組み合わせて作品に仕上げたりすることが多い――と思われる（自分の場合はそうである）。が、『泡の女』はトリックと物語が同時並行的に練られたのではないか。

そもそもどこから発想したのかについて、作者の言葉がある。六五年に芸文社から〈笹沢左保選集・全七巻〉の一冊として出た新書版『泡の女』によると――。

〈クリスマス・イヴ、真夜中だったか、ぼくは自宅附近で一人の女を見かけた。その女の後ろ姿が、妙に寂しげであった〉〈多分、二十代だろう。何かに打ちのめされたという感じだった〉〈その女の後ろ姿から『泡の女』を発想したのだ〉。

また、〈現代推理作家シリーズ〉巻頭では、こんなことも書いている。〈最初、本格派と言われ、次に新本格派だとみずから称し、その後ムード派と烙印が押された。（中略）ここに収録されている『泡の女』などは、ムードを意識して書く実験的推理小説だと偉そうなことを言って完成した作品である〉。

作家の創作秘話をどこまで信じていいやら……と作家の私は疑ってもいるのだが、これは作り話ではないように思う。

新書版には〈その女の後ろ姿はクリスマス・イヴの雰囲気とは無縁であった。一人除け者《もの》にされたように、女はトボトボと歩いて行く〉ともあった。なるほど、『泡の女』のラストシーンはクリスマス・イヴの情景。ちゃんと照応している。

ヒロインを夏子と命名したことにも作者の意図を感じる。夏と冬では季節が正反対。クリスマス・イヴの雰囲気とぶつかる名前を付けたのは偶然ではあるまい。

寂《さみ》しげな女の後ろ姿のイメージから出発して、愛する人に裏切られた者の悲哀をムードたっぷりに盛った物語を創りつつ、その裏切りを描くのに〈推理小説的手法〉を駆使する。デビュー当初からそのような指向性は見えていたが、独自の作風は〈実験的推理小説〉と作者が称する『泡の女』を書き上げたことで完成したようだ。折しも社会派推理小説が全盛の頃で、そのユニークさは眩《まぶ》しいばかりのものだったであろう。

独りで謎を解き明かした夏子が最後に放つ「あたくし、ここにいます」は痛快である。笹沢は二年前に出た『ゼロの焦点』のヒロイン像を早々と旧《ふる》いものにしたのだ。

昭和は遠くなり、若い読者にはイメージしにくいであろうモノやコトも色々と出てくる。昭和三十四年生まれの私にしても、隣家の電話を借りるのは判るが、キャバレーが無料で電話できるサービスを提供していたなど、随所に出てくる時代色が興味深い。ＯＬの旧い呼称・ＢＧ（ビジネスガール）も繰り返し出てくる。

個人情報の取り扱いも牧歌的というか、現代人の目から見ると杜撰《ずさん》だ。だからこそ素人の夏子が捜査を進められた。

そして、高度経済成長期が始まって地価が高騰し、土地神話が生まれた時代背景が冒頭近くに出てくるが――これが真相を暗示する伏線なのだから油断も隙もない。

本書は1990年12月に刊行された徳間文庫『泡の女』の新装版です。作品はフィクションであり実在の個人・団体などとは一切関係がありません。

なお、本作品中に今日では好ましくない表現がありますが、著者が故人であること、および作品の時代背景を考慮し、そのままといたしました。なにとぞご理解のほど、お願い申し上げます。

（編集部）

徳間文庫

有栖川有栖選 必読！ Selection12

泡《あわ》の女《おんな》

〈新装版〉

2023年8月15日 初刷

著者 笹《ささ》沢《ざわ》左《さ》保《ほ》

発行者 小宮英行

発行所 株式会社徳間書店

東京都品川区上大崎三−一−一 〒141−8202
目黒セントラルスクエア

電話 編集〇三(五四〇三)四三四九
販売〇四九(二九三)五五二一

振替 〇〇一四〇−〇−四四三九二

印刷 大日本印刷株式会社
製本

ISBN978-4-19-894880-1 （乱丁、落丁本はお取りかえいたします）